könnten uns kaum mehr als eine halbe ⸱
suche nach einem Sender, der keine Ve⸱
nen bringt.

Er interessiert sich nicht wirklich für das, was ich mache. Er
sieht immer nur, daß ich weg bin. Ich finde das ungerecht,
schließlich arbeite ich nicht nur für mich. Es ist mir wichtig, daß er weiß, was ich tue. Wie will er an mich denken,
wenn ich unterwegs bin, solange er das nicht weiß?

Er saß vor dem Fernseher, als ich abends nach Hause kam.
Anderthalb Jahre ist das vielleicht her. Ich habe mir jede Bemerkung verkniffen. Wer nie da ist, kann nicht nach Hause kommen und sofort seine Regeln aufstellen, dessen bin
ich mir bewußt. Ich setzte mich zu ihm. Irgendein amerika-
nischer Film. Highways und endlose Weiten, Autofahrten
und Staub. Wir sagten kein Wort, starrten nur auf den Bild-
schirm. Der Held – ich nehme an, daß es der Held war –
stieg nicht aus dem Wagen. Er nahm eine Anhalterin mit,
Typ junge Studentin. Gitarrenkoffer und Rucksack lande-
ten auf dem Rücksitz. Aber er stieg nicht aus, fuhr immer
weiter. Irgendwann habe ich zu meinem Sohn gesagt, der
Mann in dem Auto bin ich. Er ließ sich nichts anmerken,
saß einfach nur da und verschwand in dem Film. Meine
Frau kam ins Zimmer und machte den Fernseher aus. Ich
weiß nicht, wie es weiterging.

Wenden. In einer Linkskurve ziehe ich hinüber auf den
anderen Fahrstreifen, Hupen, ich schneide eine durchge-

zogene Linie, dann fließe ich mit dem Verkehr in Gegenrichtung.

Ich stelle mir vor, wie es ist, nach Hause zu kommen. Erwartungen, Befürchtungen. Vorfreude wäre schon zuviel gesagt. Eine Art Hoffnung vielleicht. Ich habe meine Frau wer weiß wie lange nicht mehr berührt. Ich habe allen möglichen Menschen die Hand gegeben, ob ich sie nun mochte oder nicht, was für ein vergeßliches Körperteil. Der Beruf bringt das mit sich. Ich habe mir einen verbindlichen Händedruck angewöhnt, nur daran merke ich, daß ich existiere – einen vergeßlichen Händedruck, nichts hält vor. Meine Hand gehört schon fast nicht mehr zu mir.

Der Schrecken, als sich der Kleine zum Abschied an meinem Bein festhielt. Für einen Moment hatte ich Angst, er würde mich nicht mehr loslassen, und ich hatte Angst, er würde genau das tun. In einem solchen Augenblick versteinern oder jederzeit zurückkehren können in diesen plötzlichen Riß. Das macht die Fahrt. In der Geschlossenheit des Wagens kommen einem derlei Gedanken unweigerlich. Dabei weiß ich genau, daß es so nicht sein wird, wenn ich da bin. *Ich* werde so nicht sein, damit fängt es schon mal an.

Was mir im Weg steht: Ich brauche immer das Gefühl, etwas zu tun. Ich werde unruhig, sobald ich nichts zu tun habe oder auch nur annähernd Gefahr laufe, untätig zu sein. In letzter Zeit das ständige Bedürfnis nach Rechtfertigung. Ich rede mit jemandem und denke ganz plötzlich,

JOHN VON DÜFFEL
ZEIT DES VERSCHWINDENS
ROMAN DUMONT

JOHN VON DÜFFEL
ZEIT DES VERSCHWINDENS

ROMAN

Erste Auflage 2000
© 2000 DuMont Buchverlag, Köln
Alle Rechte vorbehalten
Ausstattung und Umschlag: Groothuis & Consorten
Gesetzt aus der Adobe Garamond
Gedruckt auf säurefreiem und chlorfrei gebleichtem Papier
Satz: Greiner & Reichel, Köln
Druck und Verarbeitung: Clausen & Bosse, Leck
Printed in Germany
ISBN 3-7701-5316-2

I'll never have breakfast again.
Autoradio, 10 Uhr 28

1

Philipp.

19. März. Ich biege vom Hotelparkplatz in die Straße ein, die mir die ganze Nacht durch den Kopf gerauscht ist, auf einmal dieses Datum. Ich denke an meinen Sohn, meine Frau, gewesene Geburtstagsfeiern. Für einen Moment Vatergefühle, dann ärgere ich mich, weil mir das alles heute einfallen muß und nicht morgen, wenn es zu spät ist. Meine Vergeßlichkeit läßt mich im Stich.

So tun, als wäre dies ein Tag wie jeder andere. Ich drehe das Autoradio auf und stähle mich gegen die gute Laune, die mir entgegenschallt. Ich bin spät dran. Abwechselnd schaue ich auf den Verkehr und den zerknitterten Stadtplan auf meinen Knien. Ich bin nicht bei der Sache, versuche, mich auf den Termin zu konzentrieren, und formuliere gleichzeitig Entschuldigungen heimwärts, die auf eine Postkarte passen könnten. Ich denke an Euch.

Aber ich kann nicht kommen. Es geht nicht. Ich habe keine Zeit mehr für diesen Tag. Selbst wenn ich alle geschäftlichen Verpflichtungen absagen würde – um die Einladung heute abend komme ich nicht herum, ein formloses Treffen im kleinen Kreis, da wird das Wichtigste verhandelt. Um rechtzeitig wieder hier zu sein, müßte ich sofort wenden und den Zubringer zur Autobahn nehmen. Dann acht, neun Stunden Fahrt nach Hause und zurück, wenn ich gut durchkomme. Das ergibt keinen Sinn, wir mitten im Satz, was mache ich hier eigentlich. Das genügt. Auf einmal bin ich draußen, ohne Verbindung zu allem. Ich höre mich immer weiterreden, aber wie aus großer Entfernung. Ich staune über meine übergangslose Abwesenheit. Was mache ich hier eigentlich. Ich zwinge mich zu einer Antwort. Ich sage mir, ich führe ein Gespräch, es ist wichtig, was ich sage, hier und jetzt, ich führe ein Gespräch, von dem viel abhängt. Ich rede mir zu. Es beruhigt mich. Es beunruhigt mich, daß offenbar niemand meine Abwesenheit bemerkt, und es beruhigt mich. Ich nenne das Professionalität. Ich rede mir zu.

Im Nacken die Anspannung, den Zeitdruck des Vormittags. Ich werde mich nicht dafür rechtfertigen, daß ich fahre, daß ich trotz allem gefahren bin. Acht Stunden Raserei, ich ärgere mich, wenn ich darüber nachdenke. Ich will mich nicht ärgern, fahre einfach. Das ist es, was ich tue. Ich fahre nach Hause zu meinem Sohn, es ist sein Geburtstag. Ich habe ihn nicht vergessen, auch wenn die Zeit vielleicht nicht reicht. Also fahre ich. Von all den Möglichkeiten des Nichtstuns ist Fahren immer noch die angenehmste. Ich kann ihn sehr gut verstehen, den Helden in dem Film meines Sohnes – ich nehme an, daß es der Held war –, alles, nur nicht anhalten und aussteigen. Ich lehne mich zurück. Fahren ist genau so viel Nichtstun, daß man es gerade noch erträgt.

Nachtfahrten habe ich immer gemocht. Die Nacht durchfahren und am Morgen ganz woanders sein. Das Erlebnis von Zeit, die auf einmal nicht mehr so rasend knapp ist wie tagsüber, sondern im Überfluß vorhanden. Die nächtlichen Dehnungen und Krümmungen von Zeit, irgendwo zwischen Mitternacht und Morgengrauen. Dunkelheit, einzelne Lichter, die Fahrbahnmarkierungen, als ginge es darum, die in der Nacht ausgerollten Striche und Linien sämtlich aufzulesen. Das Motorengeräusch bei gleichmäßig schneller Fahrt, Schilder im Scheinwerferlicht, Namen von Städten und Dörfern, die in der Nacht versunken sind bis auf die Lichtstaffeln der Straßenlaternen und den dunstigen Widerschein über den Zentren. Die Monotonie und Stille, ein bißchen wie der Schlaf selbst, den man besiegt. Das langsame Vordringen in seine Heimlichkeit.

Wenn ich nicht schlafen kann, stelle ich mir manchmal Nachtfahrten vor. Ich zwinge mich, die Strecken in der Erinnerung so exakt wie möglich wieder abzufahren, nicht vorauszueilen oder die Leere zu überspringen, in der nur das durchbrochene Band des Mittelstreifens läuft. Endloses Gestrichel und die ständige Ermahnung, daß es wichtig ist, wach zu bleiben. Die Augen in der Erinnerung weit aufgerissen, auch wenn sich Sehen und Begreifen separieren wollen, so daß man bei einer blauen Fläche ausdrücklich hinzudenken muß: Schild. Ausfahrt. Autobahnkreuz. Man sagt sich selbst die Wörter vor, die Ordnung bringen sollen in die Unterschiedslosigkeit der Nacht.

Der Klang von Stimmen in dem dumpf vibrierenden Gehäuse des Wagens. Der Klang der eigenen Stimme, trocken, fremd. Die Stimmen meiner Frau, meines Sohnes, als würde die Dunkelheit selbst zu mir sprechen. Flüstern, weil es so spät ist. Gute Nacht sagen. Ich löse den Blick kurz von der Fahrbahn und schaue in den Spiegel. Auf dem Rücksitz zwei ineinander gekauerte Schatten. Das Gefühl von Verantwortung, ganz unmittelbar. Der Stolz, daß sie mir vertrauen, mir ihren Schlaf anvertrauen. Ich umklammere das Lenkrad fester, will ihnen die Sicherheit geben, die es braucht, um die Augen schließen zu können und geschlossen zu halten. Sie sind in diesem Moment ein Teil von mir. Ich sehe, denke, reagiere für uns drei. Nicht anhalten jetzt, nicht nachlassen. Vorausschauen und jede Plötzlichkeit vermeiden, die sie wecken könnte. Mein Sohn murmelt im Schlaf, so etwas wie ein Lachen oder die Erinnerung daran, dann höre ich wieder das leise, regelmäßige Stöhnen seines Atems, den Wechsel und Gleichklang mit dem Ein- und Ausatmen meiner Frau. Der Gedanke, wie wichtig es ist, wach zu bleiben, über allem zu wachen heute nacht, während die vom Licht ausgelegte Strecke in der Dunkelheit verschwimmt. Und dann der Schlaf wie eine schwarze Wand. Die Übermacht des Schlafs. Immer, wenn ich nicht schlafen kann, denke ich daran.

Es ist heller Tag. Ich ertappe mich dabei, wie ich am Straßenrand nach jemandem Ausschau halte. Erst als ich bei einer Auffahrt verlangsame, wird mir klar, daß es die Anhalterin ist, die ich suche. Wie das wäre: ein freundliches Gesicht im Seitenfenster, ängstlich freundlich vielleicht. Kurze Verständigung über den Zielort. Ich muß lachen bei dem Gedanken, daß es gar nicht so abwegig ist, ich bräuchte nur kurz zu stoppen, Tür auf, Tür zu, und es wäre so, wie ich gesagt habe, der Mann in dem Auto bin ich. Rucksack und Gitarrenkoffer landen auf meinem Rücksitz. Ich fahre weiter.

Jemand zum Reden für die Dauer dieser leeren Zeit. Jemand, der die immergleiche Autostille in Schweigen verwandelt oder den unablässigen Versuch, es nicht aufkommen zu lassen. Vorausgedachtes auf der Zunge, Unverdächtiges nach mehrfacher Überlegung dahingesprochen, den Blick geradeaus auf die Straße gerichtet. Man mustert sich und will es den anderen nicht spüren lassen. Zeit gewinnen. Es gelingt mir, sie zum Lachen zu bringen, ich schaue zum ersten Mal zu ihr hinüber und sehe ihr ins Gesicht, ein Lächeln eher, flüchtig, wie Blätterschatten über der Windschutzscheibe. Dann der Gedanke, daß ich gar nicht wissen will, wer sie ist. Ich stelle das Autoradio lauter.

Es wäre ein Fehler, wenn wir uns kennenlernen würden. Was spielt es für eine Rolle. Ich könnte irgend jemand sein. Das gefällt mir. Ich bin gerne irgend jemand. Ich könnte sie belügen, nicht um sie zu täuschen, sondern nur um für die Dauer dieser Fahrt ein anderer zu sein. Und ich könnte ihr die Wahrheit sagen, die ganze Wahrheit und nichts als die Wahrheit, einer wildfremden Person, die ich nicht wiedersehen werde und die nie wissen wird, wer ich bin. Einander alles sagen, was wahr ist, und dann auseinandergehen. Philipp. Für sie, für diese Fahrt, heiße ich Philipp. Es ist der Name meines Sohnes. Ich sage das nicht, um zu lügen, sondern um ehrlich zu sein.

Es gibt über jeden Menschen einen Satz, der ihn zerstört. Die meiste Zeit versucht man alles, damit er nicht ausgesprochen wird. Man weiß, daß es ihn gibt, diesen Satz, aber es gelingt einem normalerweise, nicht daran zu denken. Deswegen setzt man alles daran, ihn nicht gesagt zu bekommen. Man weiß um seinen Inhalt, nicht allzu genau, und wird gelegentlich an ihn erinnert, aber niemand darf ihn aussprechen, weil es unmöglich ist, diesen Satz zurückzunehmen, wenn er einmal gesagt ist, genauso unmöglich, wie ihn zu überhören. Er zerstört unmittelbar.

Eine Zeitlang habe ich mir sehr viel Mühe gegeben, diesen Satz über jeden herauszufinden, der mir annähernd gefährlich werden konnte. Ich habe den Betreffenden zugehört und mich gefragt, wovon sprechen sie am meisten und wovon gar nicht. Oft ist der Satz eine Kombination aus beidem. Wenn man ihn weiß, gibt einem das alle Macht über diesen Menschen. Davon habe ich sehr profitiert. Inzwischen ist das nicht mehr nötig. Es ist nicht nötig, den Satz wirklich zu wissen. Es genügt, die anderen glauben zu machen, man wüßte ihn.

Ich würde von dem Nachhause-Kommen erzählen, das es nicht gibt. Was immer man mit der Vorstellung verbindet, nach Hause zu kommen, es tritt nie ein. Wenn ich ehrlich bin – schließlich ist sie eine wildfremde Frau und ich irgend jemand, ich könnte ein ganz anderer sein – wenn ich ehrlich bin, warte ich immer nur darauf. Ich komme nach Hause und warte darauf, nach Hause zu kommen. Ich sitze da und denke, das ist es jetzt, das also soll es sein, nur daß die Couch niedriger ist, unbequemer, als ich sie in Erinnerung habe. Ich schaue geradeaus an die Wand, dieselben Regale, Bilder und der Fernseher gegenüber, aber alles zu nah. Ich fasse mir an den Kragen und lockere den Krawattenknoten. Mir fällt eine Topfblume auf, die über die Fensterbank quillt, gieriges Gewächs. Ein Rand von Blumenerde auf dem Teppich, das war in der Erinnerung nie.

Ich warte. Ich bin etwas ungeduldig, versuche aber, es zu vergessen, indem ich meiner Frau von Dingen erzähle, die sich ereignet haben, ohne uns zu betreffen. Ich rede an sie heran. Sie nickt ununterbrochen, geht in der Wohnung hin und her, von der Küche ins Kinderzimmer, über den Flur an mir vorbei ins Schlafzimmer und weiter, vermutlich, ins Bad. Ich rede mit ihr und weiß nicht genau, wo sie ist, was sie gerade macht, außer wahrscheinlich nicken. Ich wünschte, sie würde stehenbleiben. Ich weiß, daß ich nichts Wichtiges zu sagen habe, aber ich wünschte, sie würde stehenbleiben, damit ich ihr nicht alles hinterherrufen muß wie jemandem, der vor mir wegläuft. Ich werde leiser, es kommt mir auf einmal ganz sinnlos vor. Der Lärm ihrer Schritte und Handgriffe unausgesetzt – ich weiß nicht mehr, was ich sagen soll. Wenn sie nicht sofort damit aufhört, denke ich, stehe ich auf und verlasse das Haus. Möglich, daß sie es nicht einmal bemerkt. Ich verstumme, breche ab, mitten im Satz, und zähle innerlich bis zwanzig. Ihre Stimme kommt aus dem Badezimmer, Kacheln, Geklapper und Hall. Sie sagt: Ich höre dir zu.

Ich warte, schweige und warte. Es klingelt. Eine Bekannte bringt den Kleinen von einem Kindergeburtstag zu-

14

rück und schwatzt mit meiner Frau an der Tür. Ob sie nicht hereinkommen will – die Stimme meiner Frau. Sie kann nicht, ist angeblich in Eile, bleibt aber eine gute Viertelstunde im Treppenhaus stehen und erzählt pausenlos. Der Kleine wieselt an den Frauen vorbei in die Wohnung, verschwindet in seinem Zimmer. Ich stehe auf, gehe ihm hinterher und klopfe an seine Tür. Ein Fehler. Er ist es nicht gewohnt, daß man klopft, meine Frau denkt offenbar nicht daran. Er steht jetzt vermutlich in seinem Zimmer und weiß nicht, wie man auf dieses Zeichen reagiert, was man sagt. Ich spüre bei geschlossener Tür, wie er erstarrt. Sein Zimmer ist auf einmal ein anderer Raum, eine kleine Wohnung in der Wohnung, aber bedroht. Ich trete ohne Aufforderung ein und sage hallo. Ich erwarte schon lange keine Umarmung mehr. Er steht wie mitten in einer Bewegung da, Plastikspielzeug in der Hand, eine gelenkige Puppe – er spielt mit Puppen, denke ich – und schaut mich an, starr, sehr ernst, feindselig vielleicht. Ich weiß nicht, was seine Gefühle für mich sind, wie oft er nach mir gerufen und sich verlassen gefühlt hat in der Zwischenzeit, wie sehr er nach mir gefragt und welche Antwort er darauf erhalten hat. Wahrscheinlich gibt es keine Antwort, die ihm hilft. Er muß glauben, daß ich aus seinem Leben verschwunden bin. Von mir, von dem Gedanken an mich ist kein Trost zu erwarten. Es tut vielleicht noch eine Weile weh, dann komme ich in seinem Leben nicht mehr vor.

Und jetzt betrete ich sein Zimmer. Es gibt mich nicht mehr, aber ich bin wieder da. Plötzliches Wiedersehen mit einem Unbekannten. Seine Erstarrung steht wie ein schiefer, unerträglich hoher Ton im Raum. Ich weiche seinem Blick aus. Ich kann meinem Sohn nicht in die Augen sehen, wie klein. Ich schäme mich – ein Gefühl, das ich längst überwunden zu haben glaubte, ein Kindheitsgefühl wie schmutzige Hosen, verlorene Schlüssel und ein beim Sturz vom Fahrrad zerbrochener Zahn. Mein Blick schweift über die Mickey-Mouse-Bettwäsche, die Stofftiere und Dinosaurierfiguren, die sein Bett umstellen, Monster und Helden aus amerikanischen Filmen, aber für ihn sicher in nicht nachvollziehbarer Weise beseelt. Seine Welt, ich kann dazu nichts sagen. Das alles ist in seinen Augen ohne Frage wirklicher als ich. Ein mit dem Gesicht zur Wand gekehrter Grizzly fällt mir auf, räudiges Fell, die Naht am Rücken aufgeplatzt, flockiger Schaumstoff quillt heraus. Ich möchte ihn fragen, wer das ist. Ich würge an etwas im Hals.

Das Gefühl, daß er auf irgend etwas wartet, auf ein Zeichen von mir. Ich bin der Erwachsene, also muß ich wissen, wie es weitergeht. Ich kann nicht verlangen, daß er versteht, wie mir zumute ist, ein Fremder im eigenen Haus. Er wird den ersten Schritt nicht tun und mir entgegenkommen. Er ist mein Sohn. Nichts in seinem Gesicht deutet darauf hin, daß er es mir leicht machen wird. Er sieht mich noch immer an, beobachtet mich, seine Aufmerksamkeit hat etwas Gnadenloses. Er wartet und schweigt. Darin ist er mir ähnlich. Kein kindliches Ungestüm mehr, kein Allesvergessen im Augenblick. Er hat sich verändert. Er ist wie ich.

Es ist mein Vorteil, daß ich erfahrener bin im Sagen von Dingen, die ich nicht meine. Ich bin in fast allen Situationen schon einmal gewesen und habe für jedes Problem ein paar Sätze parat. Auch wenn ich nicht weiter weiß, bin ich immer noch in der Lage, weiterzureden. Es ist unaufrichtig, ich spüre das. Nicht, daß ich lügen würde. Ich sage nicht die Unwahrheit, ich sage Nichtssagendes, aber ich rede mich damit heraus. Es ist mir zuwider. Das Gefühl, nur sagen zu können, was alle sagen. Aber ich weiß mir nicht anders zu helfen und lasse die Sprache sprechen. Ich bin wieder ganz der Erwachsene, fülle den Raum mit Erwachsenenrede. Die Ordnung ist wiederhergestellt. Meine Hilflosigkeit bleibt davon unberührt.

Ich setze mich auf sein Bett, frage ihn dies und das, frage mich durch den Inhalt seines Zimmers und gebe mir die Antworten selbst. Ich bin müde. Ich sinke ein in Müdigkeit. Ich würde ihm gerne sagen, wie müde ich bin. Es wäre der erste aufrichtige Satz, aber ich fürchte, ich habe kein Recht dazu. Erinnerungen daran, wie es mich als Kind erschüttert hat, wenn mein Vater Schwäche zeigte. Eine Erschütterung, die auch das Gefühl der Verachtung mit einschloß, weil er sich so ohne weiteres gehen ließ – was weiß man denn schon voneinander. Meine kindliche Entschlossenheit, tapfer zu sein wie an seiner Stelle, tapferer als alle anderen. Der verzweifelte Stolz, auf sich allein gestellt zu sein. Damals schon meine Begabung zum Pfeifen im Dunkeln und zu anderen Schlichen, die Angst zu besiegen, indem man so tut, als gäbe es sie nicht. Ich spüre das Gewicht der Erschöpfung bei diesem Gedanken. Nachtfahrt, denke ich, jetzt nur nicht der Müdigkeit nachgeben, das Steuer fest im Griff, Halt und Sicherheit. Es ist wie eine Nachtfahrt, ich muß alles tun, um die Kontrolle zu behalten. Bis zum Schluß. Ich rede mir zu, wie ich mir zugeredet habe, immer schon.

Er hat noch kein Wort gesagt. Aber in seinen Blick ist Bewegung gekommen. Er versucht nicht länger, mich aus dem Zimmer zu schieben, indem er mich anstarrt. Ich weiß, daß ich das nicht einer plötzlichen Sympathie zu verdanken habe, sondern der bloßen Dauer meiner Gegenwart.

Ich weiche ihm noch immer aus, taktisch jetzt, rede über ein Poster an der Wand, das den Sternenhimmel in teleskopartiger Vergrößerung zeigt. Astronomie der Erinnerung. Vergessene Konstellationen, in die ich nach längerem Hinschauen zurückfinde, Figuren und Verbindungslinien aus meiner Zeit des Himmelguckens. Wagen, Bären, Phantasiegestalten. Alte Geschichten über verloschene Sterne und die langen Wege des Lichts. Währenddessen frage ich mich, ob ich ihm hätte beibringen sollen, daß man nicht so abweisend zu Menschen ist, die sich um einen bemühen. Ich bin froh, daß ich es nicht versucht habe. Ich mag es nicht, wenn Kinder kokett sind. Mach es mir ruhig schwer, denke ich und rede weiter in Sternbildern, verstellen mußt du dich noch früh genug und nach Regeln spielen, die du nicht gemacht hast. Ein wenig beneide ich ihn um seine Ehrlichkeit, auch wenn sie gegen mich gerichtet ist.

Ich habe mich endgültig aus seinem Blick geredet, er träumt jetzt fast, den Kopf leicht schräg geneigt. Er ist noch nicht in der Lage, mich hinter so vielen Worten zu durchschauen, ein Sterngucker im Gedanken auch er. Seine Erstarrung löst sich, er steht beinahe verloren da, die Arme hängen schlaff an seinem Körper herunter, er hält die Puppe am Fußgelenk, achtlos – eine männliche Puppe, denke ich –, ich habe ihn zum Staunen gebracht. Anstelle seiner Wachsamkeit und Ablehnung mir gegenüber Verwunderung. Er ist jetzt wieder Kind, stumme Fragen, denen er nachträumt mit einem vagen Stirnrunzeln, das er in seinem Gesicht vergessen hat.

Er hat mich nie gefragt, warum – eine Frage, von der es heißt, daß Kinder sie ständig stellen. Wenn es Dinge gab, die er sich nicht erklären konnte, verlor er sich meist im Schauen. Seine Neugier wurde schnell zu Traum. Auch ich habe mich nie gefragt, warum das so ist. Vielleicht mißtraute er meinen seltenen Antworten. Vielleicht hatte er sich auch nur daran gewöhnt, daß es niemanden gab, der ihm Gründe nannte.

Ich hatte fast schon vergessen, daß er sich so ablenken läßt und allen Rätseln nachsinnt, ganz für sich. Ich hatte vergessen, daß er lieber träumt als fragt. Ich habe seine Schwäche trotzdem benutzt. Was für eine lächerliche Überlegenheit, die mir das Sammelsurium des Halbwissens verschafft, von dem er sich verwirren läßt, als hätte ich mir jemals selbst die Frage nach dem Zusammenhang und Grund der Dinge gestellt. Ich weiß nicht wirklich mehr als er, ich habe nur an der richtigen Stelle aufgehört zu fragen.

Sein Gesicht ist jetzt ganz weich vor Vergessenheit. Aber ich bin noch nicht fertig. Ich will ein zweites Wiedersehen, ein anderes Nachhause-Kommen als bisher. Ich habe ein Bild im Kopf, eine feste Vorstellung, wie er zu mir sein soll. Ich möchte, daß er die ganze Zeit auf mich gewartet hat wie damals, als er mitten im Winter frühmorgens schon an der Straße stand, völlig durchgefroren, bis ich nach Stunden um die Ecke bog und ihn auflas. Ich möchte nicht, daß er stundenlang in der Kälte steht, aber ich möchte mit ihm schimpfen, daß er es tut. Ich will ihm sagen, daß er mich nicht vermissen soll, und ich will, daß er mich vermißt.

Ich stelle mir vor, daß seine Hände kalt sind, jetzt, da er sie vergessen hat. Bläulich violette Äderchen und durchsichtige Haut über den Knöcheln. Ich schlucke schwer und rede weiter. Seine schwarzen Augen schauen ohne Erwiderung. Ich kann ihm mittlerweile ins Gesicht sehen, obwohl ich nicht weniger unaufrichtig bin als zuvor. Aber ich fühle mich sicher, triumphiere fast, weil er so zart ist, so verletzlich in Gedanken, immer noch. Keine Schwierigkeit mehr, direkt auf ihn zu sprechen zu kommen, er wehrt sich nicht. Ich könnte ihn ganz einfach ausfragen, verrate ihm aber nicht, was ich eigentlich wissen will. Meine reiche Erfahrung im Sagen von Dingen, die ich nicht meine. Ich meine nicht den Kindergeburtstag, ich meine überhaupt nicht heute, ich schaue ihm in die Augen und frage: »Wie war's?« Ich meine sein Leben ohne mich.

Ich bereue die Frage sofort. Er sieht mich an, begreift augenblicklich, daß ich ihn wieder getäuscht habe, daß alles nur Ausflüchte waren, bunte Rede, um ihn von seinem Vorsatz abzubringen, mir böse zu sein. Schnell ist er wieder auf der Hut. Diese Plötzlichkeit erschreckt mich. Er wird mir nicht verzeihen, daß ich ein falsches Spiel mit ihm gespielt habe. Er wird nicht mit mir reden, heute nicht und morgen auch nicht. Verstockt, denke ich. Für einen Moment will ich ihn anschreien, weil er so verstockt ist. Ich halte mich mit Mühe zurück. Ich will es nicht noch schlimmer machen. Ich bin gereizt und müde, müde vor allem und gereizt. Es ärgert mich, daß ich auf meine Art nicht weiterkomme. Es kränkt mich, daß er mich durchschaut. Ich kann nichts mehr sagen.

Meine Frau kommt ins Zimmer. Ohne anzuklopfen. Mein erster Gedanke ist, sie kommt uns zu Hilfe, aber wem von uns beiden, ihm oder mir. Vielleicht meint sie, ihn vor mir beschützen zu müssen. Vielleicht will sie auch nur vermitteln zwischen uns. Ich frage mich, ob sie glaubt, wir hätten Streit gehabt. Möglich, daß sie nach dem Rechten sehen will. Doch sie läßt sich nichts anmerken. Keiner sagt etwas, aber für sie ist das alles selbstverständlich, Alltag. Der Schwatz auf der Treppe ist beendet, Zeit für ihn, ins Bett zu gehen.

Sie nimmt ihm die Puppe aus der Hand, zieht ihm den Pullover über den Kopf und streicht ihm ordnend durchs Haar. Sein schmächtiger Oberkörper im Unterhemd, die dünnen Arme. Er sieht zu mir herüber, feindselig fast. Auf einmal die Angst, er könnte mich verraten, er könnte sich bei ihr beklagen über mich, als hätte ich ihm etwas getan. Meine Niederlage ist noch nicht zu Ende. Anstatt einfach zu gehen, starre ich ihn an. Ich will nicht, daß er mit ihr über mich redet. Gleichzeitig weiß ich, daß ich es mit meiner Anwesenheit nicht verhindern kann. Er behält mich im Auge und schweigt, während er die Umkleideprozedur über sich ergehen läßt. Die fraglose Nähe zwischen ihm und ihr. Sein Argwohn gilt ganz allein mir. Ich bin der Fremde im Zimmer. Ich wende mich ab. Er hat es geschafft.

Da er sich von alleine nicht in Bewegung setzt, schiebt sie ihn mit der Hüfte vor sich her Richtung Badezimmer. Sie hat in ihrer Geschäftigkeit nichts bemerkt, vielleicht tut sie auch nur so, um die Situation zu normalisieren, indem sie ihr keine Beachtung schenkt. Ich überlege, ob ich ihr später vorwerfen soll, daß sie Vater und Sohn nicht einmal eine Viertelstunde alleine lassen kann. Sie würde uns nicht genügend Zeit geben, ein möglicher Satz. Ich weiß, daß ich im Unrecht bin. Ich bin eifersüchtig auf meine Frau, ich fühle mich elend. Sie kann mir nicht helfen. Sie ist wie immer, nur ich gehöre nicht hierher. Meine Abwesenheit ist eine unverrückbare Tatsache über mein Kommen und Gehen hinaus.

Das Geräusch des Zähneputzens aus dem Badezimmer, die Angewohnheit meiner Frau, sämtliche Türen offen zu lassen. Ich sitze auf dem Sofa, warte. Ich weiß nicht, wie es weitergehen soll. Ich habe nur den einen Wunsch, nach Hause zu kommen, und glaube schon nicht mehr daran. Wahrscheinlich liegt es an mir, wahrscheinlich bin ich unfähig, Menschen das Gefühl zu geben, ich sei wieder da. Meine Flüchtigkeit von jeher. Ich merke, wie mir die Wohnung nichts bedeutet, die Einrichtung, sämtliche Bemühungen, es sich so angenehm wie möglich zu machen. Für mich war Wohnen immer eine Frage des Abfindens. Jedesmal, wenn ich ein Hotelzimmer beziehe, stelle ich mir diese Frage: Finde ich mich damit ab? In den meisten Fällen Gleichgültigkeit. Ich habe in meinem Leben noch kein Bild an die Wand gehängt.

Gute Nacht sagen. Es ist soweit. Ein Ritual, eine aus der Übung geratene Pflicht. Sie schiebt ihn wieder an mir vorbei, schiebt ihn mit der Hüfte vorwärts, eine Hand auf seiner Schulter. Ich habe den Verdacht, daß er in meiner Gegenwart überhaupt nicht willens ist, sich durch die Wohnung zu bewegen, ohne daß sie ihn begleitet, in Tuchfühlung mit ihm bleibt. Ein Mutterkind, denke ich, aber vielleicht ist es auch nur seine Art, Partei zu ergreifen gegen mich. Sie hat ihm vorm Schlafengehen noch einmal die Haare gekämmt, das Gesicht gewaschen. Rote Flecken an seinem Hals, wo sie länger geschrubbt hat. Er wirkt wie herausgeputzt in seinem Schlafanzug, einem weichen Flanellstoff, milchweiß, mit einem Muster aus bunten Comicfiguren. Brav sieht er aus, konfirmandenhaft. Sie hat ihn richtiggehend schön gemacht für seinen Schlaf. Aus irgendeinem Grund möchte ich darüber lachen. Er sagt mir gute Nacht, aber es ist reine Artigkeit. Er sagt es, um ihr zu gefallen.

Später sitzen wir zusammen, der Kleine schläft. Es ist von jetzt an unser Abend, alles wäre möglich. Sie blättert in einer Zeitschrift, hat die Schuhe abgestreift, die Beine seitlich angewinkelt. Matter Glanz läuft über ihre Schienbeine und Waden, getönte Nylonstrümpfe. Ihre Füße reiben sacht an den Rückenpolstern, eine sich wiederholende Bewegung, ein leises, elektrisierendes Geräusch. Vielleicht wartet auch sie. Möglich, daß sie auf mich wartet. Vielleicht wünscht sie sich genauso, daß ich endlich nach Hause komme zu ihr. Ich hole uns noch etwas zu trinken. Manchmal hilft das, langsamer zu werden.

Ich stelle ihr Glas auf den Couchtisch und setze mich wieder auf die andere Sofahälfte. Ich fühle mich linkisch, fehl am Platz – dagegen ihre Ruhe, die mich zunehmend verlegen macht. Ich suche nach einem Anfang, würde ihr gerne etwas Ehrliches sagen, zögere. Wenn ich nur wüßte, ob sie wirklich liest, sich für die Fotos interessiert, die sie sich anschaut, oder ob das Ganze nur ein Wartezimmervorgang ist. Ihre Füße streichen jetzt langsamer über die Polster, in größeren Abständen. Ich sehe die Naht über dem Zehenansatz. Ihre Nägel unter dem Nylon sind rot lackiert. Ich stelle mir vor, wie sie dasitzt mit angezogenen Knien, die Füße in der Luft balanciert, Wattebäuschchen zwischen den Zehen, und Nagellack aufträgt. Ich stelle mir vor, wie diese Tätigkeit sie absorbiert. Für wen gibt sie sich solche Mühe, wenn nicht für mich. Und wie zufällig hingegen ist der Blick, mit dem ich es bemerke. Ich drehe das Glas in meinen Händen, trinke einen Schluck.

Ihre roten Nägel. Wieder diese fatale Neugier auf das Leben ohne mich, die meiste Zeit ihres Lebens. Wie sehen die Abende und Nächte aus, in denen ich nicht vorkomme – diese Frage interessiert mich mehr als alles andere, mehr noch als die wenigen Stunden mit ihr. Dabei weiß ich, daß die Antwort nur verletzen kann, schmerzlich sein muß für einen von uns, für sie oder für mich. Vielleicht ist es dieser Schmerz, der mich interessiert.

Sie nippt an ihrem Glas, schaut von der Zeitschrift auf, ein kurzes Lächeln. Sie wirkt ganz entspannt, ein bißchen erschöpft vielleicht, aber gelöst. An ihrer Erschöpfung habe ich keinen Anteil, kann mir nicht einmal ein Bild davon machen, wie dieser Tag für sie war. Wenn ich sie fragen würde, wie es ihr geht, würde ich damit zugeben, daß ich sie nicht kenne.

Ich lächle zurück, um zu verhindern, daß sie gleich wieder weiterliest, und suche fieberhaft nach Gemeinsamkeiten, über die wir ins Gespräch kommen könnten. Es ist wie bei einem ersten Rendezvous, nur daß man alle möglichen Komplikationen schon kennt. Der Versuch eines Anfangs, der seine Unschuld längst verloren hat. Man weiß im voraus, wie schwierig alles werden wird, und ist sich gleichzeitig nicht mehr sicher, was man voneinander will. Irgendwann, nach einer Zeit des Schweigens, war der Punkt gekommen, an dem alles, was wir sagen konnten, seine Unverfänglichkeit verloren hatte. Das ist schon lange her.

Anderes Thema. Ich frage sie, ob sie nicht auch das Gefühl hat, manchmal ihm gegenüber zu schummeln. Ich gebe mir Mühe, so beiläufig wie möglich zu klingen, nahezu desinteressiert. Sie scheint wirklich nicht zu wissen, was ich damit meine. Offenbar hat er ihr nie das Gefühl gegeben. Oder sie belügt ihn nie, belügt ihn nicht einmal, was mich angeht. Ich denke an die vielen gebrochenen Versprechungen – daß ich es heute noch schaffe, spätestens morgen, und dann kommt doch wieder etwas dazwischen. Ich könnte etwas Schonung gebrauchen. Es ist einfacher, die Wahrheit zu sagen, wenn man sie auf seiner Seite hat.

Ich gebe mich neugierig auf leichte Art, will beispielsweise wissen, ob sie ihm Gute-Nacht-Geschichten erzählt, ihm Märchen vorliest mit verstellter Stimme. Ich habe das früher immer gehaßt: Erwachsene, die einen viel zu hohen Ton anschlagen, wenn sie mit Kindern sprechen. Wahrscheinlich glaubten sie, sich Kindern nur verständlich machen zu können, indem sie so taten, als hätten sie den Stimmbruch ebenfalls noch vor sich. Für einen Augenblick wünschte ich, ich könnte meiner Frau vorwerfen, daß sie ihm – schlimmer als sämtliche Tanten aus der näheren Verwandtschaft – Abend für Abend mit Fistelstimme in den Ohren liegt. Sie schaut mich offen und verwundert an. Ich versuche zu lächeln. Begreift sie denn nicht, daß es mir helfen würde, wenn ich sie ein kleines bißchen hassen könnte?

Sie sagt nichts. Es kommt mir auf einmal selber merkwürdig vor, mich nach ihrer Vorlesestimme erkundigt zu haben. Je länger wir darüber schweigen, desto unsinniger wird es. Ich würde sie jetzt einfach gerne hören, ihre Stimme, keine Antwort, irgendwas. Aber sie sagt nichts. Ich stelle die falschen Fragen, Hotelzimmerfragen, sie passen nicht hierher. Ich frage wie ein seltener Besuch, anstatt mit ihr zu reden, als hätten wir ein Gespräch fortzusetzen, das schon vor langer Zeit begonnen hat. Sie könnte mich das spüren lassen. Sie ist hier zu Hause, Gastgeberin, Hausherrin über den Rest der Nacht. Sie räkelt sich auf der Couch und streckt ihre Beine der Länge nach aus – das Reiben von Nylon auf den Polstern. Ihre Fußspitzen bohren sich in meine Seite. Ich schaue sie an, nicht fragend, ich versuche, sie einfach nur anzuschauen. Ihr Lächeln hat sich verändert, sie lächelt über nichts Vorangegangenes, sie lächelt voraus. Ich beuge mich herunter und küsse ihre Knie, schmale, längliche Knie. Elektrisierendes Nylon auf meinen Lippen. Als ich wieder auftauchen will, hält sie meinen Kopf mit beiden Händen fest und drückt ihn herunter. Anderes Thema, denke ich.

Sie schläft. Ihr Atem geht regelmäßig, tief, gelegentlich so etwas wie ein Seufzer, dann wieder gleichmäßig tiefer Atem. Ich kann das Gewicht des Schlafes spüren in ihrem Arm, der auf meiner Brust liegt. Ihre Hand eine halbgeöffnete Faust – als würde ihr unsichtbarer Sand durch die Finger rinnen. Alles ist ihr entglitten, genüßlicher Verlust. Nur ich bin noch hier. Mir wird bewußt, daß ich mit meiner Schlaflosigkeit allein bin.

Ich schließe die Augen und zähle ihre Atemzüge, zähle sowohl Ein- wie Ausatmen, um in der Zahlenfolge voranzukommen. Längere Intervalle vor dem Wiedereinatmen, rasende Pausen. Ich warte darauf, daß sie endlich wieder Luft holt. Manchmal scheint es, als hätte sie es ein für allemal vergessen. Einfach aufgehört. Löcher von Zeit. Als ihre Atmung wieder einsetzt, weiß ich nicht mehr, wo ich war.

Ich versuche, mich ihrem Atemrhythmus anzupassen, mit ihr zusammen ein- und auszuatmen, so als könnte ich mich dadurch hineinziehen lassen in ihren tiefen Schlummer. Es will mir nicht gelingen. Ich bin hellwach, so wach, daß ich die Augen nicht länger geschlossen halten kann. Ich starre an die Zimmerdecke, milchige Flecken in der Dunkelheit. Ich könnte nicht auf Anhieb sagen, wo in diesem Raum die Tür ist. Zu viele Hotelzimmergrundrisse, die mir vertrauter sind. Silhouetten von Schränken, Vorhängen, Türrahmen. Allmählich hebt sich das Zimmer aus der Dunkelheit, eine Fotografie im Entwicklungsbad. Auf einer mittleren Graustufe bleibt das Bild stehen. Mehr Welt läßt sich aus dem schwimmenden Dunkel nicht ziehen. Mit zusammengekniffenen Augen versuche ich, die Gegenstände daran zu hindern, in ihre Schatten zurückzutreten. Dinge nur, aber auch sie können Gefährten sein in der Leere der Nacht. Ihr vergessener Arm auf meiner Brust, bleich und lastend mit der Zeit. Eine Ahnung, wie es wäre, lebendig begraben zu sein, beerdigt unter ihrem Schlaf. Der unwiderstehliche Drang, sie zu wecken.

Keine Bewegung. Ich verbiete es mir. Ich will mich nicht zu all jenen Drehungen und Haltungswechseln hinreißen lassen, die nur scheinbar Erleichterung schaffen für kurze Zeit, tatsächlich aber immer neue Wälzungen notwendig machen, bis schließlich das ganze Bett nicht mehr ausreicht, um die eigene Unruhe zu fassen. Gar nicht erst anfangen damit. Lieber die Qualen des Stilliegens erdulden. Die inneren Kämpfe, die es kosten kann, eine Fußstellung zu korrigieren oder es bleiben zu lassen. Die Ungerechtigkeit, daß nichts leichter und nichts schwerer ist, als einzuschlafen.

Wie kann man nur. Wie kann man von Liebe reden über die Kluft von Schlaf und Schlaflosigkeit hinweg. Wie kann es eine Verbindung geben zwischen zwei Menschen, wenn der eine so schläft und der andere sich bis in die Haarspitzen beherrschen muß, um vor Wachheit nicht loszuschreien.

Ihr Haar auf dem Kissenbezug glanzlos, ihr von Schlaf entleertes Gesicht, mir zugewandt, die Lippen ein wenig aufgeworfen im Vergleich zu sonst, aber aschgrau im fahlen Licht der Dämmerung. Das Gefühl, sie müßte aufwachen von der Kälte des Blicks, mit dem ich sie anschaue, sie müßte die Augen weit aufreißen vor Entsetzen, daß so ein Unterschied möglich ist zwischen ihr und mir. Sie schläft. Wie kann sie nur.

Ich muß an einen Satz denken, den ich irgendwann einmal gehört habe: Der Schlaf ist das Letzte, was einen verläßt. Ich starre geradeaus, ich suche nichts mit meinem Blick, nur diese Richtung.

Eine Bewegung, die nicht von mir kommt. Das Rascheln der Laken, leichte Lageveränderung, die Berührung mit ihrer schlafwarmen Haut, sie schmiegt sich an mich. Ihr Arm auf meiner Brust verrutscht. Erst jetzt fällt mir auf, wie kalt er ist, verglichen mit den Hitzeflächen ihres Oberkörpers, den sie an mich drückt. Möglich, daß sie durch ihren Schlaf hindurch gespürt hat, wie ich neben ihr verlorengehe. Möglich, daß sie mich festhalten will. Die seidige Wärme der

Schenkelinnenseite, die sie über meine ausgestreckten Beine schiebt. Ich rühre mich nicht.

Das Rattern in meinem Kopf hört nicht auf, der Straßenbelag maroder Autobahnen, Betonschwellen und Schlaglöcher, eine endlose Flucht von Strecken. Ich fahre noch immer, rase auf den nächsten Tag zu, ich habe die Hoffnung aufgegeben, heute nacht noch anzukommen. So schlimm war es noch nie. Es war schon immer so.

Ihr Atem auf meiner Haut in der Beuge von Schulter und Hals, gar nicht wie ein Luftzug, überhaupt kein Ziehen, sondern das wiederholte Streichen von Luft auf der Stelle. Fast möchte ich lachen über diese Zärtlichkeit, von der sie nichts weiß. Eine solche Berührung wäre im Wachzustand niemals möglich gewesen. Sie schmiegt sich enger an mich, hält sich fest wie an jemandem, der immer da ist. Die Vertrautheit ihrer Umarmung, als hätte sie ein Traum an mich gewöhnt oder darüber hinweggetäuscht, daß ich es bin, der Körper neben ihr. Ich liege still. Die zunehmende Gewißheit, daß ich es nicht bin, daß sie nicht mich berührt, daß ich in ihrem Schlaf ein anderer bin, ein anderer, der an meiner Stelle liegt, der immer schon hier gelegen hat. Nicht ich.

Mich quält nicht, daß sie von ihm träumt, mich quält, daß sie ihn so gewöhnt ist, seine Nähe. Sie muß nicht einmal an ihn denken, er ist einfach da.

Ich werde immer schneller. Das Rattern jetzt ein rasender Puls. Es ist, als müßte ich den ganzen Nachhauseweg noch einmal zurücklegen in allerhöchster Geschwindigkeit, bis mir auf einmal klar wird, ich fahre in die falsche Richtung, ich werde nicht nur immer schneller, ich fahre weg von zu Hause, entferne mich mit anschlagender Tachonadel von meinem Ziel. Ich bin auf der Flucht. Ein heller Schrecken, weil es genau das ist, was ich will. Ich will nach Hause, weg von hier.

Wenn Geschwister ihre Eltern verlieren, heißen sie Waisen.
Wenn sie einander verlieren, gibt es dafür kein Wort.

2

Christina.

Ich habe einfach nachgegeben, als Hendrik sagte, du mußt endlich mal wieder raus hier und unter Leute gehen. Es hat mir gefallen, daß er plötzlich so entschieden war. Es hörte sich an, als würde er mich notfalls zu einem Paket verschnüren und auf den Beifahrersitz verfrachten, um mit mir hinauszufahren an die frische Luft. Doch ich kam freiwillig mit, soweit von Willen überhaupt die Rede sein kann. Richtiger ist, ich leistete keinen Widerstand. ›Unter Leute gehen‹ – ich weiß gar nicht, wie ich das Lena erklären soll.

Es ist ein wolkenloser Tag, Mitte März, einer von den Tagen, wie ich sie früher so sehr mochte: ganz weißes Licht und ein Flimmern in der Luft vor lauter Helligkeit. Im Wechsel mit Häuserschatten Sonne im Seitenfenster, das kurze Aufblitzen ihrer Kraft. Die Luft im Wageninnern erwärmt sich schnell. Hendrik zieht beim Fahren sein Jackett aus, abwechselnd eine Hand am Lenker, wirft es hinter sich auf die Rückbank. Dann schaut er zu mir herüber. Ich sitze in meinem Steppmantel da, den Kragen bis zum Kinn, sogar meinen Schal habe ich noch um. Ich weiß, mir sollte viel zu warm sein. Mir ist auch warm, aber angenehm, selbst wenn es so aussieht, als hätte ich mich in der Jahreszeit geirrt. Ich habe nicht das Gefühl zu schwitzen – tauen eher. Ich sauge die Sonne in mich auf. Mir wird auf einmal bewußt, wie sehr ich gefroren habe bis eben. Er hat recht, es wird langsam Zeit. Lenas Unfall ist bald auf den Tag genau ein halbes Jahr her.

Um allen Bemerkungen über meine Kleidung zuvorzukommen, kurbele ich das Fenster herunter und fasse mit der Hand in den Fahrtwind. Kühler Widerstand, das Licht auf meiner blassen Haut. Ich forme mit den Fingern einen Kelch und fange die Hitze- und Kältewirbel ein, die an mir vorbeiflattern. Frische Luft schöpfen, heißt es nicht so.

Hendrik nimmt eine Auffahrt, wir kommen auf die Autobahn. Die Sonne schlägt jetzt frontal auf die Windschutzscheibe, eine Helligkeit wie von reflektierendem Schnee, weißgrau auf den Betonstreifen und Brücken. Hendrik klappt die Blende herunter. Ich mag nicht. Ich mag mich nicht in dem kleinen Spiegel sehen, der darin eingearbeitet ist, schließe die Augen und lasse mir die Sonne ins Gesicht scheinen. Ich hoffe, meine Haut ist so hell, daß niemand mich anschauen kann, ohne geblendet zu werden. Hinter meinen Lidern treiben flüssige Flecken von Sehpurpur. Ich wünsche mir Unsichtbarkeit.

Er will unbedingt an den Rhein fahren, für Hendrik muß es der Rhein sein, besonders um diese Jahreszeit. Er schwärmt von einem Biergarten, der neu eröffnet wurde oder den Besitzer gewechselt hat, ich höre nicht so genau hin. Seine Stimme vermischt sich mit dem Motorengeräusch, ein beruhigendes Brummen, Schnurren fast. Mit geschlossenen

Augen krame ich eine alte Sonnenbrille aus dem Handschuhfach und setze sie auf. Die Gläser sind verschmiert und völlig zerkratzt, aber das macht nichts. Es geht mir nicht darum, hindurch zu sehen, ich will nur dahinter verschwinden. Wir sind da.

Hendrik springt aus dem Wagen, rennt um die Kühlerhaube herum und öffnet mir die Tür. Es ist reizend, wie er sich Mühe gibt, nur um mich dafür zu belohnen, daß ich mitgekommen bin. Doch ich bin einfach zu müde, um seine Freundlichkeit zu erwidern oder abzuwehren. Er legt den Arm um mich und schiebt mich behutsam durch die Eingangstür des Lokals.

Drinnen ist es dunkel. Menschenleer. Die schwarzlakkierten Tische und Stühle stehen ordentlich zusammengerückt da. Die Symmetrie der Aschenbecher, Salzstreuer und Speisekartenständer auf den Tischplatten, sorgfältig verteilt in dem großflächigen Raum, der dumpf und drückend wirkt mit seiner niedrigen Decke und der dunklen Täfelung an den Wänden. In den Fenstern am anderen Ende fahles Licht. Es ist, als würde man den Sonnentag draußen wie durch ein umgekehrtes Fernglas betrachten, er erscheint auf einmal ganz weit weg.

Hinter dem weitläufigen Tresen zapft ein einzelner Mann mit einem staubigen Gesicht Bier ohne Unterlaß. Er nimmt von uns keine Notiz. Ein Innenmensch. Es gibt ihn nur bei künstlicher Beleuchtung. Ein Kellner kommt von draußen, lädt ein Tablett mit leeren Gläsern ab, nimmt einen Zug von seiner heruntergebrannten Zigarette, die in einem Aschenbecher vor sich hin qualmt, und eilt mit einer Ladung voller Gläser wieder hinaus. Durch die Tür fallen Sonnenbalken in Schwaden von Rauch. Wir folgen dem Kellner und treten ins Freie.

Die Terrasse ist vollbesetzt. Menschen auf Bänken, dicht an dicht, Gläser und Gespräche. Es ist laut und heiß, beinahe stickig hier draußen, durch Windfänge aus Plastikplanen zu beiden Seiten geschützt. Die Sonne steht hoch über den Köpfen. Ich habe es immer gehaßt, mich an allen möglichen Tischen vorbei durch Cafés zu schlängeln, die Blicke der Leute, ich hasse es mehr als je zuvor. Ich sehe fast gar nichts durch meine Sonnenbrille bei diesem Lichteinfall, nur Schlieren, Fingerabdrücke und Staub, aber ich spüre, wie mir alles viel zu weit ist, mein Mantel, mein Pullover, die Hosenbeine. Dieses Gefühl, meine Kleidung nicht mehr auszufüllen. Noch vor einem halben Jahr wäre ich stolz darauf gewesen, dermaßen abgemagert zu sein. Ich hätte vor Lena damit angegeben und dann groß für sie gekocht. Jetzt fühle ich mich nur noch verloren. Ich lasse mich von Hendrik führen wie eine Blinde.

Eine Treppe weiter unten liegt der eigentliche Biergarten. In die Erde getretener Rasen, keinerlei Pflanzen weit und breit, bis auf ein paar schmächtige Bäumchen am Rande. Statt dessen eine Vielzahl von Tischen und Bänken, eingefaßt von einer soliden Mauerbrüstung, die unmittelbar ans Rheinufer grenzt. Hier ist es frischer. Vom Fluß her weht Wind und der weiche Geruch des Wassers. Wir setzen uns an einen Biertisch etwas weiter abseits, der für ein Pärchen viel zu lang und zu breit ist. Doch vielleicht erscheint mir auch heute einfach alles zu groß. Hendrik klettert auf die Bank mir gegenüber. Ich habe das unangenehme Gefühl, er könnte schon wieder besorgt sein, meinetwegen. Er beugt sich zu mir herüber, aber er lächelt.

Die Bedienung kommt, um die Bestellung aufzunehmen. Ich war mir ganz sicher, sie findet uns nie, viel zu abgelegen unser Tisch. Jetzt ist sie da, und ich habe mir nichts überlegt. Ich frage nach der Karte, auch die hat sie dabei. Hendrik bestellt einen Wein, ich schließe mich ihm an, will aber dann doch lieber eine heiße Schokolade und blinzele die Kellnerin über den Brillenrand an. Sie hat das gleiche Gesicht. Ich erschrecke über ihre Müdigkeit. Es kostet sie eine ungeheure Anstrengung, hier zu stehen und unsere Wünsche zu notieren, aber das weiß nur ich. Im selben Augenblick die Angst, daß sie mich erkennt. Sie dreht sich um und geht.

Hendrik ist ganz woanders. Man kann sich auf ihn verlassen. Seine Hände, die er über den Tisch nach mir ausgestreckt hatte, liegen jetzt auf halbem Wege flach übereinander. Dunkle Behaarung bis zu den Knöcheln und deutliche Adern wie blaue Röhren unter der Haut. Er schaut auf den Fluß, der im Licht schwimmt. Er hat recht. Es ist wirklich schön hier am Rand des Gartens, in Mauernähe. Hätte ich ihm besser zugehört, könnte ich es ihm jetzt bestätigen. Er hat sich diesen Platz für mich ausgedacht, für uns, hat sich vorgestellt, wie es wäre, hier mit mir zu sein. Ich streiche mit den Fingerspitzen über seine ruhenden Hände, die Mittelader rollt ein Stück zur Seite und springt wieder zurück in ihre ursprüngliche Position auf dem Handrücken. Ich habe mir lange keine Gedanken mehr gemacht, wie es ihm eigentlich geht. Er hat sich nie beklagt.

Seine Hand entwischt mir, zeigt auf eine unterbrochene, unstete Linie aus Windbruch, strohigem Schilf und angespültem Plastikmüll. Der Pegelstand des letzten Hochwassers, erklärt Hendrik mit einer gewissen Bewunderung in der Stimme. Ich wußte nicht, daß es überhaupt eines gegeben hatte, frage aber nicht weiter nach. In den Sträuchern am Ufer finden sich kleine Nester, geflochten aus Gräsern und Schilf. Ich hatte mir vorgestellt, daß Vögel dort nisten, aber es war wohl die Strömung.

Die Bedienung ist zurück, auf einmal steht sie wieder da – ich bin ganz verlegen, weiß nicht, wo ich hinschauen soll. Sie ist wirklich sehr schnell. Hendrik nimmt seinen Wein entgegen, das erspart ihr einen Gang um diesen unsinnig langen Tisch herum. Als sie mir die Schokolade über die Schulter reicht, spüre ich ihre Erschöpfung im Nacken. Sie möchte gleich abkassieren, Schichtwechsel, sagt sie leise wie zu sich selbst. Ich sinke ein vor Erleichterung. Hendrik zahlt für uns beide. Wenn es nach mir ginge, wäre das Trinkgeld sicher zu hoch ausgefallen. Ich hoffe, ich sehe sie nie wieder. Sie erinnert mich.

›Wenn Geschwister ihre Eltern verlieren, heißen sie Waisen. Wenn sie einander verlieren, gibt es dafür kein Wort.‹

Ich werde dir nie verzeihen, daß du mir das geschrieben hast und ich dir darauf nicht mehr antworten kann.

Meine Schokolade kühlt schnell ab hier draußen. Ich muß mich mit dem Trinken beeilen, um das Gefühl zu haben, etwas von ihrer Wärme in mich aufzunehmen. Hendrik prostet mir zu, nachdem ich schon zur Hälfte ausgetrunken habe. Ich möchte nicht gierig erscheinen, aber ich mag wirklich nichts Kaltes zu mir nehmen und halte den Becher mit beiden Händen umfaßt wie etwas sehr Kostbares. Ich kann Hendriks Augen hinter der Sonnenbrille nicht sehen. Um so stärker das Gefühl, daß er mich beobachtet. Ich lächle sicherheitshalber und wische mir imaginäre Kakaoränder von der Oberlippe – auf meiner Papierserviette nur Reste von Lippenstift. Mir ist, als hätte ich eine Frage, die ich ihm unbedingt stellen muß. Doch als ich wieder hochschaue, blickt mich mein Spiegelbild aus seinen schwarzen Gläsern an, oval und wie von einem Fischauge verzerrt. Ich sehe nicht mehr hin.

Draußen ist es nicht so schlimm zu schweigen. Es gibt genügend andere Dinge. Man schweigt sich nicht an wie in geschlossenen Räumen, wo jede Stille in die Ausweglosigkeit führt. Es ist einfach nicht still draußen, es entsteht nicht dieser Hohlraum von Stille zwischen Hendrik und mir, zuviel anderes liegt in der Luft. Das ist ein Vorteil, den ich schon fast vergessen hatte. Diese Zerstreutheit unter freiem Himmel fängt an, mir zu gefallen.

In meinem Rücken Stimmen, durcheinander redende Stimmen, die lauter werden, lachen. Stoßweises, abruptes Gelächter. Anscheinend eine größere Gruppe, die an einem der langgezogenen Biertische hinter mir Platz nimmt. Hendrik ist abgelenkt. Er beobachtet mich jetzt nicht mehr, sondern schaut über mich hinweg und verfolgt das Geschehen am Nebentisch. Ich ducke mich leicht und trinke meine Schokolade in einem Zug aus. Auf dem Boden des Bechers ein schlammiger Rest von Kakao. Ich stochere mit dem Löffel darin herum. Wieder Gelächter in meinem Rücken. Hendrik schüttelt kaum merklich den Kopf. Ich möchte nicht über die Schulter schauen, um zu sehen, was dort los ist. Er könnte meinen, daß ich ihn damit zurückholen will, seine Aufmerksamkeit wieder auf mich ziehen möchte. Dabei fühle ich mich so ganz wohl. Es stört mich nicht, daß er woanders ist. Hendrik ist oft woanders. Ich mag ihn dann sehr.

Aber es beunruhigt ihn doch, daß wir so lange schweigen. Wahrscheinlich hat ihn die gesprächige Runde vom Nebentisch darauf gebracht, daß es an der Zeit ist, sich zu unterhalten. Vielleicht befürchtet er auch, es könnte irgendwem auffallen, wie still wir sind, jemandem, der dann durch den Biergarten zu uns herüberbrüllt: Schaut euch die an, die haben sich nichts zu sagen! Wir haben uns schon etwas zu sagen, so ist es nicht, es ist nur nicht so einfach.

Hendrik sucht. Ich weiß genau, er will mich auf andere Gedanken bringen. Er möchte alles vermeiden, was mich auch nur im entferntesten an die letzten Monate erinnert. Das macht es so schwer. Wenn man nur lange genug darüber nachdenkt, erinnert einen alles an irgend etwas. Hendrik sucht weiter. Ich würde ihm gerne dabei helfen, mich auf andere Gedanken zu bringen. Aber ich denke an nichts.

Wir schauen beide hinaus auf den Rhein. Das beste wäre, es würde jetzt etwas aus dem Wasser auftauchen, irgendein schuppiges Flußungeheuer, das die glitzernde Oberfläche durchbricht, seinen Drachenschädel in die Höhe reißt und dabei ein Gewitter von Lichttropfen herabregnen läßt. Darüber könnten wir uns dann unterhalten. Doch weil sich das Wasser immerfort nur in sich selbst verwandelt, entgleitet der Blick ins Leere und Schauen wird Traum.

Ich bin mir nicht sicher, ob Hendrik mich etwas gefragt hat. Schön, sage ich zu ihm auf Verdacht, ich finde es schön hier, die Ruhe, der Fluß. Ich finde es schön, ihm das zu sagen, aber das sage ich ihm nicht. Lautes Gelächter hinter mir, Gejohle und kleckernder Applaus. Schauspieler, erklärt Hendrik entschuldigend, manchmal kämen nachmittags ein paar Schauspieler hierher, die es immer etwas übertreiben. Irgendwo in der Nähe müßten Probebühnen sein. Und da sollte man sie eigentlich den ganzen Tag einsperren. Schauspieler gehören in geschlossene Räume. – Er redet die letzten Sätze an sich herunter, so daß ich ihn kaum verstehen kann. Das ist Hendrik. Wenn er boshaft sein will, ist er es ganz für sich allein. Aha, sage ich. Ich könnte hinzufügen, daß es mir nichts ausmacht, ihr Gefeixe erreicht mich nicht, ich hätte es gar nicht bemerkt. Aber um das zu sagen, ist es schon wieder zu still. Ich schaue weiter hinaus aufs Wasser, suche zwischen den Wellen nach dem Buckel des Flußungeheuers und lasse den Blick wieder los.

Ich bin es nicht, die dich im Stich gelassen hat. Ich habe dich geliebt, eifersüchtig geliebt. Du hast mich in allem übertroffen, du warst immer die bessere Schwester. Ich habe mein ganzes Leben im Vergleich mit dir gelebt. Ich habe dich bewundert und bekämpft. Überall, wo ich hinkam, warst du längst. Alles, was ich versucht habe, hattest du schon hinter dir. Ich war die ältere von uns beiden, aber ich kam an dir nicht vorbei. Du warst einfach schneller, ein paar Jahre schneller als ich. Ich habe dich mehr als geliebt, ich habe dich in allem vorausgesetzt. Jetzt fehlt mir der Boden. Und du bist der einzige Mensch, der verstehen könnte, was im Moment mit mir passiert.

Ob es mir hier auf Dauer nicht vielleicht doch zu kalt ist oder zu windig, will Hendrik wissen. Er hat seine Sonnenbrille abgenommen, klappt abwechselnd die Bügel auf und zu, wie um damit zu unterstreichen, was er mit ›auf Dauer‹ meint und wieviel Zeit vergangen ist. Er sieht mir ins Gesicht, seine Besorgnis wieder. Ich schüttele den Kopf. Er soll mich nicht ansehen. Aber er hat natürlich recht, die Bänke sind klamm, das Holz von innen feucht. Ich setze mich auf meine Hände, um nicht gehen zu müssen. Ich will noch nicht zurück.

Am Nebentisch erzählt eine Frau. Ich höre jetzt doch ein wenig zu. Eigentlich höre ich weg, ich höre über die Stille zwischen Hendrik und mir hinweg, und da ist auf einmal diese Stimme, eine feste Stimme, wie ich sie gerne hätte, klar und geradeaus. Zu einer solchen Stimme sagt man nicht, sie solle lauter sprechen oder daß man sie gerade ganz schlecht versteht. Es ist unmöglich, diese Stimme nicht zu verstehen. Sie findet unmittelbar im Kopf des Zuhörers statt. Es gibt keine Zunge, die anstößt, keine Speichelbläschen, die zwischen den Silben zerplatzen. Diese Stimme entsteht hinter der Stirn des Empfängers, irgendwo in der Mitte zwischen Ohr und Ohr, wo sie sich zu glasklaren, unmißverständlichen Sätzen formt, denen man nicht anmerkt, daß sie jemals von einem menschlichen Mund gesprochen wurden. Sie werden Wort für Wort in dieser Stimme gedacht und gesendet. Keine Silbe geht verloren.

Hendrik beschreibt mit seiner Brille einen Hörsaal, malt mit einer wischenden Bewegung einen Halbkreis in die Luft, den ich aus früheren Erzählungen bereits als Hörsaal kenne. Dem Radius der Geste nach zu urteilen, ist es das Audimax. Dann hält er die Brille auf Armeslänge vor sich hin und spricht sie an. Ich kenne das, sie ist Student. Oder Studentin. Und ich weiß, daß seine Brille bei den nächsten Sätzen zwischen ihm und dem in der Luft hängenden Auditorium hin und her schwenken wird. Die Worte des Studenten oder der Studentin gegen seine. Ein Wortwechsel wie ein Abzählreim. Und ich weiß auch, daß Hendrik in seiner Erzählung das letzte Wort haben wird, das er mit eingezogenem Kinn an sich herunterspricht, während die Brille endgültig auf sein Gegenüber zeigt. Und aus bist du! Ich weiß, daß es nicht nett von mir ist, so viel im voraus zu wissen – nach allem, was Hendrik für mich getan hat. Aber ich weiß es augenblicklich. Ich kann nichts dagegen tun. Und dabei höre ich ihm nicht einmal zu. Ich höre nur die Frauenstimme in meinem Rücken, hinter meiner Stirn, diese Gedankenstimme, die so klar ist, als würde sie eine andere, lichtvolle Sprache sprechen. Und es amüsiert mich fast, mir vorzustellen, daß es in dieser Sprache das Wort ›Genuschel‹, das selber immer auch Genuschel ist, nicht gibt. Vielleicht gibt es statt dessen einen Namen für solche, die immer Geschwister waren und es auf einmal nicht mehr sind.

Hendrik redet weiter. Ich warte darauf, daß er das Kinn einzieht und sich die letzten Worte auf die Brust spricht. Seine Brille wandert noch ein paar Mal hin und her. Dann zeigt sie entschieden ins Nichts. Und aus bist du! Was zu beweisen war. Ich lächle und erschrecke über den Abstand zwischen uns. Er fehlt mir fast vor lauter Distanz, aber ich kann nicht anders. Er fehlt mir und ich mache mich über ihn lustig. Um es ihm nicht zu zeigen, lache ich Hendrik ins Gesicht, und Hendrik lacht zurück. Im Hintergrund – in meinem Rücken, hinter meiner Stirn – ebenfalls Gelächter, vielstimmig. Auch das Lachen der Gedankenstimme ist dabei.

Ich halte es nicht länger aus und drehe mich um. Die Frau mit der Gedankenstimme, dem Gedankenlachen, sitzt mit dem Rücken zu mir. Neben ihr zwei Männer in zerknitterten Jacketts, von denen ich ebenfalls nur den Rücken sehe. Ihr gegenüber Mann und Frau ganz in Schwarz, die überhaupt nicht nach Schauspielern aussehen, Gesichter wie aus der Straßenbahn, erloschen und viel zu matt, um sich zu verwandeln. Sie selbst trägt eine hellbraune Jacke aus einem leichten, schimmernden Stoff, der über ihren Schulterblättern spannt. Das Wort Fallschirmspringerseide fällt mir ein. Ich hätte Lust, sie zu berühren. Nur um zu wissen, wie dieses Wort sich anfühlt auf der Haut.

Jetzt schweigt sie. Die Frau gegenüber mit dem Straßenbahngesicht sagt etwas. Sie hat braune, von Kaffee, Tee und Nikotin befleckte Zähne. Ich starre auf ihren Mund. Ich vergesse völlig, daß ich unter Leuten bin, wie Hendrik sagen würde, und starre auf diesen bewegten, bräunlichen Fleck wie auf ein immer größer werdendes Loch. Sie unterbricht sich, schaut mich an. Ich weiß, daß es jetzt höchste Zeit ist, den Blick abzuwenden, aber ich habe mich festgestarrt. Es passiert wieder. Ich sehe nur noch diesen toten Mund. Endgültigkeit. Nicht schweigen, bettle ich, aber wie soll sie ohne Worte weiterreden. Die anderen drehen sich nach mir um. Das alles geschieht so langsam, ich kann nichts dagegen tun. ›Hallo‹, sagt die Gedankenstimme, ihr Lachen ist jetzt sehr weit weg. Ich höre Fallschirmspringerseide rascheln. ›Hallo, Christina!‹ Sie sagt es, als würde sie mich damit wecken wollen, dabei lacht sie noch immer ein wenig in Gedanken, aber ungläubig. ›Was ist, kennst du mich nicht mehr?‹ Ich fasse mit der Hand nach ihrem Fallschirmspringerärmel, eine Berührung wie ein Geräusch. ›Ich bin es, Sibylle.‹ Natürlich kenne ich sie, ich kenne sie sehr gut – ich weiß nur nicht, was Lena dazu sagen würde.

Ich nicke, und alles hat wieder normale Geschwindigkeit. Sibylle setzt sich an unseren Tisch und rutscht so dicht an mich heran, als wolle sie die gewesene Entfernung zwischen uns mit einem Ruck zum Verschwinden bringen. Der Mann mit dem zerknitterten Jackett, der rechts neben ihr gesessen hat, steigt hinüber zu Hendrik auf die Bank, eine Lücke schließend, die es nie gab. Sibylle erzählt. Ihre Stimme ist immer noch gerade und klar. Vielleicht habe ich sie deshalb für einen Gedanken gehalten, sie kam mir so vertraut vor, ich wußte nur nicht, woher. Deutlicher werdende Erinnerung an die vielen Nächte, in denen wir uns ausgesprochen haben im Dunkeln. Damals klang sie noch nicht so, so sicher, aber ich hätte ahnen können, daß sie einmal so klingen würde.

Sibylle erzählt Hendrik und dem Zerknitterten, woher wir uns kennen, daß wir zwei Jahre zusammen studiert haben, eine wilde Zeit, das erste Mal weg von zu Hause, bevor sie dann ihr Studium abgebrochen hat, viel früher noch als ich, und auf die Schauspielschule gegangen ist. Hendrik mißbilligt das, ich sehe es ihm an, obwohl er ein interessiertes Gesicht macht. Er mißbilligt jede Form von Sprunghaftigkeit, ein Vorwurf, den er mir oft gemacht hat, nur daß er sie nicht kritisieren kann. Der Gedankenstimme widerspricht man nicht so leicht. Ich frage mich, ob ihn das reizt. Manchmal reizt ihn gerade das, was er mißbilligt.

»Und woher kennt ihr euch?« Hendrik wendet sich an den Zerknitterten, scheinbar ganz nebenbei. Er weicht ihr aus, ein Schachzug, der ihm gar nichts nützt. Ihr Begleiter brummelt etwas in sein Glas, es geht in seinem Bierdurst unter. Sie antwortet für ihn. Ihre geraden Sätze. Sibylle hat eine Gastrolle am Schauspielhaus, wann immer sie frei hat, trampt sie durch die Weltgeschichte, sie hält es in der Stadt ihrer Jugend – sie sagt ›Jugend‹ und verdreht die Augen – alleine nicht aus. Neulich ist sie eine ganze Strecke mit ihm gefahren. Seitdem bringt er sie zweimal täglich zur Probe und holt sie wieder ab. Das ist alles. Ein reines Chauffeur-Verhältnis, schwört Sibylle, Hand aufs Herz. Hendrik glaubt es nicht. Sie lächelt ihm zu, was vermutlich geheimnisvoll wirken soll, oder macht sie sich über ihn lustig?

»Übrigens habe ich gerade in letzter Zeit viel an dich gedacht.« Sie sieht mich an, aus nächster Nähe, und ich bekomme einen Schrecken. »Ich wollte dich schon längst einmal besuchen, aber ich war einfach zu feige dazu.« Das sagt sie mir ins Gesicht, und niemand nimmt daran Anstoß, Hendrik nicht, der es wenigstens ein bißchen mißbilligen könnte, und der Chauffeur schon gar nicht.

Ich denke an Sibylle und die Männer, die sie früher mit in unsere Wohnung brachte. Lange Diskussionen, wenn morgens beim Frühstück wieder ein neues unrasiertes Gesicht auftauchte und mich über die Butter hinweg angähnte. Mein Protest, daß ich mich an die Menschen in meiner Umgebung gewöhnen muß und Fremden gerne draußen auf der Straße begegne, aber nicht in meinem Badezimmer. Zwecklos. Sibylle wollte, daß der Zufall in ihrem Leben eine Rolle spielt – und damit auch in meinem. Es half alles nichts. Gewöhne dich an niemanden, gewöhne dich an den Zufall. Mit solchen Äußerungen brachte sie mich zur Verzweiflung, bis ich merkte, daß es das war, was sie wollte.

Hendrik mißbilligt allerdings das Trampen, und das sagt er ihr auch. Er hält es für unzeitgemäß, und als sie sich über das Wort ›unzeitgemäß‹ amüsiert, wird er ungewöhnlich deutlich. Kein Mensch trampt heute mehr. Er schaut in die Runde auf der Suche nach Zustimmung, aber der Zerknitterte studiert die Schaumränder in seinem Glas – wie sollte er ihm auch recht geben? –, und ich habe nicht die Kraft, Partei zu ergreifen. Ich verstehe seinen Eifer nicht, wie kamen wir darauf? Er rede nicht von den Gefahren, sagt er, die Gefahren seien im Grunde der einzige Reiz beim Trampen gewesen. Aber da man heutzutage jeden Pauschalurlaub mit Abenteuerfaktor und Krisenregionszuschlag buchen kann, meint Hendrik, hat die Vorstellung, sexuell mißbraucht und zerstückelt im Straßengraben gefunden zu werden, erheblich an Reiz verloren. Er hat schon wieder ›Reiz‹ gesagt.

Sibylle schaut ihn herausfordernd an. Aber sie antwortet nicht. Sie tut einfach so, als habe er noch nicht zu Ende gesprochen und zwingt ihn damit, immer weiter zu reden. Es macht ihr Spaß, daß er sich so ereifert, ihretwegen. Sie sucht mit ihrem Schweigen Streit. Mir fällt ihr Gesicht ein, zu einer Grimasse verzogen, ihr tropfnasses Haar, damals noch dunkel und lang. Ich habe sie am Schopf gepackt, ein dichter Knoten um meine Faust. Mit einem Ruck zerre ich sie aus der Badewanne, nackt über den Fliesenboden und

weiter durch die Wohnung. Seitlich wie in einem Krebs-
gang kriecht sie auf Händen und Füßen neben mir her, versucht zappelnd, mit mir Schritt zu halten. Der Schmerz ist
so heftig, daß sie mir einfach Folge leisten muß. Ich höre
mich schreien, immer schriller, ich verstehe mein eigenes
Wort nicht mehr, sie gibt keine Antwort. Ich reiße ihr Gesicht zu mir empor, das sich in Schweigen verbissen hat,
zerre es vor und zurück, schüttele sie, kein Laut kommt
über ihre Lippen, die weiß sind vor lauter Anstrengung,
nichts von sich zu geben. In ihren Augen der helle, sen-
gende Schmerz. Ein heißer Glanz von Stolz. Sie sagt nichts.
Ich habe vergessen, worum es ging. Männergeschichten,
vermutlich. Es ist nicht mehr wichtig.

»Es ist noch nicht einmal politisch korrekt, weil man damit
dem Wahnsinn des Individualverkehrs ein gutes Gewissen
verschafft!« Hendrik redet sich in Rage. Er wird nicht wirklich laut, eher leiser, aber gereizt. Er spricht mit eingezogenem Kinn scharf an sich herunter. Niemand möchte sich
einmischen. Vor dem Zerknitterten steht ein frischgezapf-
tes Bier, in das er schaut. Muß er denn nicht noch fahren,
der Chauffeur? Es wäre an mir, Hendrik zu unterbrechen.
Schließlich kenne ich Sibylle, eine grausame Zuhörerin. Sie
interessiert sich nur für das, was man eigentlich nicht sagen
will. Bestärkt einen, wo man sich preisgibt und zu viel verrät. Zuhören heißt bei ihr Entlocken. Wenn ich ihn unterbrechen wollte, müßte ich es jetzt tun. Möglich, daß er sich
nur deshalb so ins Zeug legt, weil er noch immer meint,
mich verteidigen zu müssen gegen meine Vergangenheit

und alles, was mich erinnert, ritterlich, es sollte mich rühren, aber es rührt mich nicht.

Mein Mund ist trocken, süß und klebrig vom Kakao. Ich kann ihm nicht helfen. Sie wird ihn dazu bringen, daß er laut wird. Er merkt nicht, daß es ihr nur darum geht. Es gefällt ihr, wie er sich empört, aber es reicht ihr nicht. Sie will ihn außer sich. Ich kann nichts sagen, stoße mit dem Knie gegen den Tisch. Das Bier vor dem Zerknitterten schwappt über, er schaut verwundert auf. Sibylle ignoriert es. Hendrik sieht es nicht, holt aus. Ganz nah an meinem Ohr auf einmal eine durchdringende Stimme vom Nebentisch. Das zweite Jackett hat sich umgedreht, Sibylles breitschultriger Banknachbar, der vor der Frau mit dem Teermund sitzengeblieben war. Ich kenne das Gesicht von irgendwoher, ein kantiges, kräftiges Männergesicht, das einem wahrscheinlich bekannt vorkommt, auch wenn man es noch nie gesehen hat. Seine Ähnlichkeit ist verblüffend, nur daß ich nicht weiß, mit wem. Ein Schauspielerkollege, sicherlich.

Der Ähnliche legt seine Hände auf Sibylles fallschirmseidene Schultern. Es erstaunt mich, wie fraglos er sie berührt. Irgendwo müßte es doch einen Widerstand geben wie immer, wenn zwei fremde Körper sich berühren. Nichts. Er faßt sie mit einer Selbstverständlichkeit an, die mich an Artisten erinnert, gar nicht anzüglich oder brutal, sondern mit einem sicheren Griff, so als würde diese Berührung zu einem komplizierten Ablauf gehören, zu einer Verschränkung von Körpern, die vollkommen aufeinander angewiesen sind. Von diesem Handgriff läßt sich nur sagen, daß er sitzt. Und sie weiß sofort, daß er es ist. Erschrickt nicht, schaut sich nicht um, errät es nicht, sie weiß es blind. Ihr Gesichtsausdruck bleibt unverändert, nichts von dieser Berührung bildet sich darin ab. Sie umfaßt die Handgelenke des Ähnlichen. Eine Bewegung wie einstudiert. Eine Vertrautheit zwischen beiden, die sogar Hendrik zum Schweigen bringt.

Sibylle überragt jetzt den Tisch. Sie besitzt einen doppelten Körper. In dieser Zwillingsschaft mit dem Ähnlichen ist sie allem überlegen, was einzeln am Tisch sitzt. Hendrik tastet vage nach meinen Händen, aber das ist etwas anderes. Der Zerknitterte schaut auf die Uhr, trinkt wie auf Kommando sein Bier und erhebt sich. Er sollte wirklich nicht mehr fahren. Sibylle hat ihren Triumph, jeder weiß es, ein Wort zum Abschied wäre nicht nötig. Trotzdem bricht sie ihr Schweigen und sagt zu dem Ähnlichen, ohne ihn anzuschauen: »Das ist übrigens Hendrik, er würde mich gerne in seinem Wagen mitnehmen.«

Or leave a bad taste in your mouth
Autoradio, 11 Uhr 47

3

Philipp.

Paare, wenn ich von der Überholspur wieder einschwenke und noch einmal in den Rückspiegel schaue. Regungslos in ihren Sitz gedrückte Paare starren auf den vor ihnen abgespulten Asphalt. Manchmal schiebt sich ein Arm über die Rückenlehne. Eine kurze Drehung des Kopfes gegen den Sog der Fahrtrichtung, ein Seitenblick wie eine Unterbrechung. Einer von beiden schaut immer geradeaus. Man sieht sich beim Fahren nicht in die Augen, nicht wirklich. Stumme Gespräche hinter geschlossenen Scheiben. Es tut gut, irgend jemand zu sein.

Ich würde nicht wollen, daß sie sich einmischt, die Anhalterin, die neben mir sitzen könnte. Ich erwarte von ihr nicht, daß sie Verständnis zeigt oder mich aufmuntert. Das wäre falsch. Wenn ich etwas nicht will, ist es Mitgefühl. Oder ein Urteil über mich und meine Frau. Sie betrügt mich, und wenn schon. Wenigstens hat sie es mich nicht spüren lassen. Ich könnte nicht einmal beschwören, daß sie in jener Nacht anders war als sonst. Es war nur dieser seltene Moment von Nähe, der zu einem anderen Leben gehörte, das ihr längst zur Gewohnheit geworden war. Wahrscheinlich hat sie sich nicht einmal sonderlich bemüht, es vor mir geheimzuhalten. Das wäre mir aufgefallen. Es war einfach Teil ihrer Normalität. Strenggenommen geht es mich nichts an.

Aber wann hat es angefangen? Ich suche nach einem Einschnitt oder Wendepunkt in unserer Geschichte. Ich suche nicht nach einem Grund. Gründe gibt es immer, Gründe sind völlig bedeutungslos. Ich will nur den Zeitpunkt. Auf einmal das Bedürfnis, ein in die Jahre gekommenes Familienfoto aus meiner Brieftasche hervorzukramen, einen vermeintlichen Schnappschuß, den ich mit ziemlichem Aufwand geknipst hatte, um wie alle Geschäftsreisenden etwas zum Herumzeigen zu haben. Ich mag keine Fotos. Aber sie schaffen das, was mir in der Erinnerung nicht mehr gelingt: Sie zerschlagen die Zeit in Momente. Was ich wissen will, ist, ob sie mich auf diesem Foto schon betrügt.

Ein anderes Foto fällt mir ein. Wir drei auf dem Nachhauseweg von einer Beerdigung, ich weiß nicht mehr von wem. Später Abend, das flockige Dunkel der Dämmerung, das Ganze hat länger gedauert, als uns lieb war, aber schließlich war es das letzte Mal. Vermutlich ging es allen so. Gottlob wenig Verkehr. Ich fahre schnell, zu schnell. Kurz nach einer Autobahnausfahrt ein Blitz. Ich drossele das Tempo, überschlage sofort die Höhe der Geschwindigkeitsübertretung im Kopf. Fünfundzwanzig km/h vielleicht. Mit etwas Glück knapp unter zwanzig. Ich sehe im Rückspiegel, wie der Kleine in seinem Kindersitz den Kopf reckt und sich wundert. Aber er fragt mich nicht, was war. Schon damals wunderte er sich in seine eigene Welt. Ich erkläre ihm, daß wir einen Fotoblitz ausgelöst haben, weil wir zu schnell gewesen sind. Das kenne er doch, die Blitzlichter von Fotoapparaten. Auf der Trauerfeier heute, erinnerst du dich, wurden wir auch fotografiert, und auf Geburtstagen ständig. Nur daß wir jetzt fotografiert worden sind, weil ich bei einer Geschwindigkeitskontrolle zu schnell gefahren bin. – Ich warte auf ein Wort von ihm, suche seinen Blick im Rückspiegel. Er träumt. Meine Frau sagt nichts. Sie haßt es, wenn ich schneller fahre als erlaubt, vor allem, wenn der Kleine dabei ist. Endlose Streitereien über meinen Fahrstil in glücklicheren Tagen, inzwischen braucht sie nichts mehr zu sagen, ich weiß, daß sie im Recht ist. Ob sie mich damals schon betrogen hat?

Fast einen Monat später kommt das Foto mit der Post. Ich habe den Vorfall längst wieder vergessen, sehe nur den behördlichen Umschlag und Stempel, ziehe mit dem Bußgeldbescheid einen körnigen Schwarz-Weiß-Abzug hervor. Schräg von vorne unser Wagen, das Nummernschild entzifferbar. Ich bin nicht zu erkennen, hinter dem Steuer weit zurückgelehnt, ins Dunkel getaucht, könnte jeder sein. Bleich, beinahe weiß, das Gesicht meiner Frau, flach und wie gegen die Windschutzscheibe gepreßt, vielleicht, weil sie sich nach vorne beugt, um etwas im Handschuhfach zu suchen, aber so sieht es nicht aus. Es sieht aus, als würde der Wagen bei voller Fahrt ganz plötzlich bremsen und sie kopfüber durch die Frontscheibe schleudern. Mitten in ihrem weißen Gesicht ein dunkles Loch. Ein unwirklicher schwarzer Fleck. Ihr offener Mund, weit aufgerissen wie zu einem Schrei. Als würde sie noch in letzter Sekunde kreischen, halt an, halt endlich an! Ich kann mich nicht erinnern, daß wir miteinander gesprochen haben.

Ich balanciere meine Brieftasche auf den Knien, taste zwischen Quittungen und Visitenkarten nach der glatten Oberfläche und den festen Rändern von Fotopapier. Das Familienporträt steckt schon lange nicht mehr vorne im Sichtfenster. Verschiedene Ausweise haben es verdrängt. Zunehmend die Sorge, ich könnte es aussortiert haben. Ich schaue wieder auf die Straße. Sicherheitshalber sollte ich kurz irgendwo rechts auf den Standstreifen fahren und dann weitersuchen, aber ich will nicht anhalten, ich will keine Unterbrechung der Bewegung, des In-Bewegung-Seins.

Ich behalte nichts. Wer so viel unterwegs ist wie ich, kann es sich nicht leisten, alles mit sich herumzuschleppen. Einen Koffer und eine Aktentasche, mehr nicht. Nur soviel, wie man tragen kann. Von allem anderen muß man sich trennen. Ich bin ein Experte in Sachen Abschied. Früher habe ich immer geglaubt, daß es mich leichter macht. Mit jedem Abschied, so schmerzlich er auch sein mag, fällt etwas von mir ab, das habe ich wirklich geglaubt. Ballast abwerfen, sagt man nicht so. Aber es bleibt immer ein Rest. Gut möglich, daß ich dieses Foto zusammen mit ein paar anderen Sachen aussortiert habe, es vorzuzeigen, fiel mir immer schwerer mit der Zeit. Doch jetzt will ich es wiederfinden. Ein Rest bleibt, der sich wehrt. Ich weiß, daß es alles, was auf diesem Bild zu sehen war, nicht mehr gibt. Es war von vornherein gestellt, ein Schnappschuß, für den ich einen halben Film verknipsen mußte. Die Menschen auf diesem Foto haben so nie existiert. Ich hätte sie trotzdem gerne festgehalten. Die Bilder verschwimmen in meinem Kopf, die letzte Nacht steckt mir noch in den Knochen. Ich erinnere mich vage an das Gesicht meiner Frau, Wange an Wange mit dem Kleinen. Auch auf diesem Foto ist sie blaß, aber sie strahlt. In der Erinnerung erscheint mir ihre Haut ganz hell. Ich versuche, mir ihren Mund vorzustellen. Er ist Teil dieser Helligkeit. Ich glaube, sie lächelt, während der Kleine ernst und unausweichlich in die Kamera schaut. Sie lächelt mich an, unsichtbar wiederum, den Mann hinter der Kamera, sie lächelt nicht mich an, sondern den Betrachter. Ihr Fotolächeln gilt all jenen, die sich ihr Bild ansehen werden, irgendwann. Ich könnte jeder sein.

Es tut am meisten weh, das zu verlieren, was einem nie wirklich gehört hat. Vielleicht finde ich deshalb keinen Einschnitt in unserer Geschichte. Es kommt mir vor, als wäre ich an dieser Frau nur sehr, sehr langsam vorbeigegangen.

Es gab andere. Ich schaue hinüber zu der Anhalterin, die ich mitgenommen haben könnte. Ich möchte nicht, daß sie mich mißversteht. Ich habe keinerlei Absichten. Mein einziger Wunsch ist, für die Dauer dieser Fahrt ein anderer zu sein. Ich schaue zu ihr herüber, ihre gerade Haltung, ihr weiches Profil – wieviel Fremdheit ließe sich wahren, wenn man einander wirklich berührt. Ich will es nicht wissen. Schließlich ist sie nur hier, weil sie in den Film meines Sohnes gehört.

Ich möchte ihr die Gitarre wegnehmen. Die Frau, die es sich neben mir auf dem Beifahrersitz bequem machen könnte, hat keine Gitarre, keinen Gitarrenkoffer dabei. Sie ist keine von den üblichen Rucksack-Reisenden, das wäre zu einfach. Man erkennt in ihr nicht sofort die Studentin, man sieht ihr gar nicht an, was und wer sie ist, was sie sein oder später einmal werden könnte. Sie lebt ihr eigenes Leben, das ist das einzige, was man auf den ersten Blick bemerkt. Sie kann sich entscheiden, diese Frau, vielleicht hat sie sich schon entschieden. Ich frage sie nicht danach. Die Rückbank ist leer. Sie hat darauf bestanden, ihr Gepäck im Kofferraum zu verstauen. Sie könnte alles sein. Ich rate nicht.

Gestern nacht mußte ich raten. Wenn diese Nacht nicht gewesen wäre, hätte ich es vielleicht bei einem telefonischen Glückwunsch bewenden lassen und müßte jetzt nicht fahren wie ein Wahnsinniger. Es war auf einem Geschäftsessen, nicht so wichtig wie die Einladung heute abend, aber einer von diesen halb beruflich, halb privaten Anlässen, denen man sich schlecht entziehen kann. Ich war als einer der wenigen geladenen Gäste solo erschienen und saß an einer langen Tafel zwischen lauter fremden Paaren – in gut sechshundert Kilometern Entfernung brachte meine Frau vermutlich gerade den Kleinen ins Bett. Von meinen geschäftlichen Kontakten zum Gastgeber einmal abgesehen, kannte ich niemanden in diesem Kreis. Er hatte mich den wichtigsten Leuten bereits vorgestellt und in seiner kleinen Ansprache offiziell begrüßt. Dann wurde das Menu serviert, und die Gespräche nahmen ihren belanglosen Lauf.

Ich war nicht zum ersten Mal in einer solchen Situation. Wenn ich in meinem Leben etwas gelernt habe, dann ist es die Kunst, für ein paar Stunden unter Leuten meine Fremdheit zum Verschwinden zu bringen. Außerdem ist es nicht sonderlich schwer, mit einem Pärchen ins Gespräch zu kommen, da sich Paare untereinander nichts zu erzählen haben. Man muß anfangs nur eine gewisse Bereitschaft signalisieren, sich von ihnen ausfragen zu lassen – irgendwann übernimmt dann die Gegenseite, und von da an muß man nicht mehr viel für die Unterhaltung tun. Gegenüber Dritten werden Paare gern gesprächig.

Die übliche Konversation. Ich versuche, mich beim Zuhören so wenig wie möglich zu langweilen, esse und trinke in gebührenden Abständen, und schaue, sooft die Höflichkeit es zuläßt, in die Runde. Wer ohne seine Ehehälfte erscheint, ob Mann oder Frau, ist im Vorteil. Man mag sich zunächst als Außenseiter fühlen oder auch etwas unsicher sein, weil es niemanden gibt, an dem man sich festhalten kann, aber festhalten kann man sich auch an einem Drink. Der Partnerlose ist im Vorteil, weil er weniger von sich preisgibt. Vor allem deshalb ist es immer ein kleiner Affront, wenn man bei solchen Anlässen ohne Begleitung erscheint. Man gibt den anderen kein Gleichnis seines Lebens, verrät sich nicht durch unfreiwillige Intimität oder zu große Distanz, zuviel Aufmerksamkeit oder mangelnde Rücksichtnahme, beides ist verhängnisvoll. Perfektes Partnerspiel ist ein unendlich komplizierter Balanceakt und setzt blindes Verständnis voraus, während der einzelne nur sich selber spielen muß. Er kann sich zurücklehnen und die kleinen, verzweifelten Zweikämpfe der anderen beobachten, ohne dabei beobachtet zu werden.

Blickkontakt mit einer Brünetten schräg gegenüber. Dunkle Augen, verhangen von einem leicht fransigen Pony, der ihre Brauen bedeckt. Glattes, rötlich braunes Haar, kastanienfarben, könnte man sagen, das im Nacken zu einem breiten Pferdeschwanz zusammenläuft. Habe ich sie zu lange angestarrt? Ich bin mir keiner Schuld bewußt. Mich interessiert ausschließlich, wer die entscheidenden Leute an dieser Tafel sind und welche nur vorgeben, es zu sein. Der Mann an ihrer Seite gehört weder zur einen noch zur anderen Kategorie. Farblos, aber korrekt. Gewohnheitsmäßige Unauffälligkeit. Die rechte Hand von irgendwem, allerdings schon etwas zu alt, um wirklich gefährlich zu werden. Zwischen ihm und ihr ein Altersunterschied von, schätzungsweise, siebzehn Jahren. Ich könnte mir das merken, halte es aber nicht für wichtig genug. Ich widme mich dem Pärchen zu meiner Linken.

Sie redet. Eine wache, energische Frau, die ihre Worte zu setzen weiß. Er ergänzt gelegentlich aus der Deckung heraus. Was mir die beiden erzählen, erzählen sie nicht zum ersten Mal. Aber sie machen ihre Sache gut, erwecken zumindest den Anschein von Spontaneität. Ich habe nichts gegen Lügen, solange sie gut vorgetragen werden. Sehr angenehm, so im Zuhören zu versinken. Der Wein tut seine Wirkung. Die ruhige, nachgiebige Schwere des Roten. Das seltene Gefühl, Zeit zu haben, Zeit vergehen zu lassen, einfach so, ohne auf die Uhr schauen oder etwas tun zu müssen. Für heute habe ich nichts mehr vor.

Ich muß aufpassen, daß ich nicht nachlässig werde. Flechte den einen oder anderen Satz ein, der nicht nötig gewesen wäre, mehr um mir selbst zu beweisen, daß ich jederzeit wieder aus mir heraus kann. Von Müdigkeit keine Spur, was immer ich sage. Meine Stimme hört sich wacher an, als ich bin, die Stimme eines zu später Stunde gutaufgelegten Menschen. Das klingt nicht nach mir. Alles geht glatt von der Zunge, noch ehe ich es richtig gedacht habe. Ich spreche schneller, als ich mir selber zuhören kann.

Die Brünette schräg gegenüber taxiert mich weiter, ganz offen. Eine Art Verlegenheit kommt auf, ich weiß nicht, wie ich das verstehen soll. Vielleicht will sie nichts weiter als das: mich in Verlegenheit bringen, hier vor all den Leuten, im Beisein ihres Mannes, in dieser noch immer geschäftlichen Situation. Möglich, daß dies nur ein Spiel von ihr ist, eine zärtliche Provokation. Vielleicht denke ich auch schon darüber nach, wie es mit uns weitergehen könnte, vorausgesetzt, sie will mehr. Der Gedanke ist derselbe: die Leute, ihr Mann, das Geschäft.

Ich nehme mir vor, ihr weiter keine Beachtung zu schenken, auf nichts einzugehen, abzuwarten. Sie hat ihren Mann, soweit ich sehen konnte, während des ganzen Abends nicht berührt. Keinerlei Vertraulichkeitsgetätschel, nicht einmal ihre Hand auf seinem Arm. Was geht es mich an. Nichts hier geht mich etwas an. Ich könnte aufstehen und gehen, eine angedeutete Verbeugung, ein paar Worte des Abschieds, während ich die Hand meines Gastgebers schüttele. Es wäre nicht unhöflich. Die Tafel ist ohnehin im Begriff, sich aufzulösen. Ich bleibe.

Einer der Weinkellner beugt sich über ihre Schulter. Sie schiebt ihm wortlos ihr Glas hin, läßt sich nachschenken. Eine vertraute Geste, vielfach wiederholt. Sie sagt ein paar Worte, ohne ihn anzusehen, nicht mehr als eine Bemerkung, flüchtige Bewegung ihrer Lippen, ihr Blick ruht nach wie vor auf mir. Ich glaube, einen Namen aufgeschnappt zu haben, Marco, Pedro, Enrico, irgendein südländischer Zungenroller mit ausgestülptem O. Sie macht einen O-Mund und läßt ihn offen stehen, als würde sie nur noch durch dieses O atmen und zahllose, weitere Luft-Os wie Rauchringe über den Tisch hauchen, ein Gedanke, den ich nicht weiter verfolge. Sie spricht den Kellner mit Vornamen an, denke ich, und notiere eine Neigung zu Vertraulichkeiten.

Das Pärchen neben mir bricht auf. Sie übernimmt auch das, die versöhnlichen letzten Worte, die Abschiedsformeln und Beteuerungen. Er nickt dazu sein immergleiches Nikken. Meine Verlegenheit macht sich bemerkbar, ich bin herzlicher, als es sonst meine Art ist, vielleicht, weil ich mich beobachtet fühle, vielleicht auch, weil ich dadurch in eine andere Situation entkommen kann, in der ich mehr zu Hause bin: Abschied nehmen. Wir erheben uns, reichen uns die Hände, werden seltsam feierlich. Ich schreibe das meiner Nervosität zu. Der Dame ein Kompliment, ich muß nicht einmal lügen, es hat mich sehr gefreut. Er, wortlos, nickt endgültig zu unserem Händedruck, und das ist wahrscheinlich schon das Äußerste. Mir fällt noch einmal die Anstecknadel im Revers seines Anzugs auf, ein Accessoire mit Firmenschriftzug. Wahrscheinlich habe ich ihn deshalb nicht so hoch eingestuft. Wer läuft schon für sich selbst Reklame. Da uns die Worte fehlen, tauschen wir Visitenkarten und versprechen, bei Gelegenheit einmal zu telefonieren. Erst jetzt wird mir klar, daß ihm die Firma gehört.

Ich könnte mich wieder setzen, wäre dann aber allein, auffällig allein. Ich könnte Anschluß bei einem der Grüppchen suchen, die sich in verschiedenen Ecken gebildet haben. Aber ich möchte mich nicht aufdrängen. Noch einmal der Gedanke, daß es das beste wäre, jetzt zu gehen, auf der Stelle. Den Abend frühzeitig beenden und an morgen denken. Niemand würde mich vermissen. Ich nehme mein Glas und trinke einen Schluck im Stehen. Ich sehe, wie sie das ihre mit einem lässigen, beinahe fahrigen Schlenker zum Mund führt und leert. Sie will es wissen, denke ich, und allmählich interessiert es mich auch. Auch ich will wissen, was noch passieren könnte heute nacht.

Plötzlich steht ihr Mann von seinem Stuhl auf – für einen Augenblick hatte ich ihn schon vergessen, ihn, die Leute und das Geschäft. Er knöpft sein Jackett zu, zittrige Fingerspitzen im Kampf mit den Knopflöchern vor seinem Bauch, schreitet die Tafel ab und kommt auf mich zu. Es passiert, denke ich, es passiert endlich was. Ich bin zu allem bereit, fest entschlossen, ohne zu wissen wozu, ein nachgerade unsinniges Gefühl von Kraft in meinem Körper.

Meine Enttäuschung, als er an mir vorbeigeht und den Raum in Richtung Toiletten verläßt.

Erst jetzt eine Spur von Erschrecken, weil er uns alleine gelassen hat, sie und mich. Uns steht nichts mehr im Wege. Es passiert wirklich, denke ich, aber anders. Einfach so. Als gäbe es ein stilles Einverständnis zwischen ihm und ihr. Als wäre das, was jetzt kommt, Teil eines immer wiederkehrenden Rituals und alle wüßten bereits, wie es weitergeht, nur ich nicht. Ich sehe ihm nach, während er sich diskret an den Grüppchen vorbeischiebt, die am Ausgang stehen. Ich starre ihm in den Nacken, auf diese ungeschützte Stelle zwischen Hemdkragen und Nackenhaarfransen, bohre meinen Blick in die speckige Haut einer Kragenwulst, halt an, dreh dich um, komm zurück. Er verschwindet hinter einem Pulk von Leuten, die sich an der Garderobe ihre Mäntel geben lassen. Die Kampflosigkeit, mit der es passiert, beunruhigt mich.

Sie steht vor mir. Das Weinglas an ihren Lippen, hinter dem ihr Gesicht verschwimmt wie hinter einem Schleier. Sie lächelt beim Trinken – oder ist es der Glasrand, dem die Form ihrer Lippen folgt. Ihre Augen über dem Glasschleier sind ernst. Aber vage. So als wäre sie schon zu nah. Auch nachdem sie getrunken hat, bleibt das Glasrandlächeln in ihrem Gesicht, schneidet in ihre Wangen, weich und irgendwie wolkig. Ich komme mir auf einmal ziemlich betrunken vor.

Etwas stimmt hier nicht. Ich versuche, sie zu fixieren, aber sie bleibt wie hinter Schlieren von Glas. Ihr Anblick verschiebt sich, schwebt und verschwimmt im Raum. Ich weiß nicht, was es ist. Noch ein Versuch, sie mit einem festen Blick auf Distanz zu halten, aber ich bin nicht einmal in der Lage, die genaue Entfernung zwischen uns abzuschätzen. Bei geschlossenen Augen ihre spürbare Nähe: leiser Alarm auf der Haut wie immer vor einer ersten Berührung und ein cremiger Parfümduft in der Luft, vermischt mit kaltem Zigarettenrauch. Sehr nah. Aber wenn ich sie ansehe, verschiebt sich das Bild, so als würde sie sich langsam von mir entfernen. Die Tischkante. Ich orientiere mich an der Tischkante und stelle fest, daß sie ihr fast bis zur Hüfte geht. Sie ist nicht weit weg, sie ist nah und klein, viel kleiner, als ich es nach unserem Blickwechsel im Sitzen erwartet hätte. Irgend etwas hatte mich denken lassen, wir seien gleich groß, tatsächlich geht sie mir nur bis zum Kinn. Ich suche nach einem Wort für diesen Unterschied, falls man mich fragen sollte, und entscheide mich für ›zierlich‹. Die Entfernung zwischen ihr und mir steht. Jetzt könnte ich etwas sagen. Zierlich ist etwas völlig anderes als klein, ich rede mir zu.

Er ist klein. Es überrascht mich beim Nachhausekommen immer wieder, wie klein er ist. Ich weiß nicht, ob ich zu den Menschen gehöre, die in der Erinnerung alles vergrößern. Doch es schockiert mich jedesmal, wenn ich ihn wiedersehe, daß er nicht mehr gewachsen ist. Ich versuche, nicht zuviel von ihm zu erwarten, und korrigiere all meine Vorstellungen nach unten. Es nützt nichts. Ich kann einfach nicht glauben, daß er wirklich so klein ist. Mir scheint, je mehr ich an ihn denke, desto weiter entferne ich mich von ihm. Manchmal erkenne ich ihn kaum wieder, so viel habe ich an ihn gedacht. Erschreckend, daß er noch ein Kind ist.

Es würde mir nie einfallen, zur Begrüßung wie sämtliche Onkel und Tanten auszurufen, was bist du groß geworden! Ich weiß, daß er größer wird von Mal zu Mal. Es ließe sich nachmessen. Aber ich sehe es nicht. Ich sehe nur, daß sein Körper nicht mitwächst, verglichen mit der Spanne von Zeit, die uns trennt. Das Gefühl, ihn mehr und mehr beschützen zu müssen, je älter er wird, während ich gleichzeitig in seinem Gesicht sehe, daß es nicht geht. Er ist vielleicht nicht kleiner als andere Jungen seines Alters, jedenfalls nicht viel. Aber in seinem Gesicht sehe ich die Zeit, die uns fehlt. Für so ein Gesicht ist er viel zu klein.

»Möchtest du Kirsch oder Himbeer?« Sie duzt mich. Sie hat sich auf meinen Platz gesetzt, die Beine übereinander geschlagen, schöne Beine, nur daß sie mir jetzt geradezu puppenhaft vorkommen, Beinminiaturen, leicht Zerbrechliches. Mir ist schleierhaft, warum sie bei ihrer Größe flache Schuhe trägt. »Setz dich doch!« Ich habe mich nicht verhört, sie duzt mich tatsächlich. Ihre Neigung zu Vertraulichkeiten, die mir schon aufgefallen war. Jetzt erscheint sie mir in ihrer Unbefangenheit beinahe kindlich. Was mich rührt. Und verunsichert. Es ist anders als sonst beim Flirt. Sie macht aus ihren Wünschen kein Geheimnis. Ich weiß nicht, wie ich mich verhalten soll bei soviel Offenheit. Ich kenne das nicht.

So offen habe ich ihn lange nicht mehr erlebt. Ich versuche, das nicht zu vermissen, die Vorbehaltlosigkeit und Selbstverständlichkeit, mit der er mir früher begegnet ist. Als hätte es damals eine natürliche Verbindung zwischen sämtlichen Augenblicken gegeben, die wir zusammen verbracht hatten. Wochen oder gar Monate der Unterbrechung zählten nicht. Wir machten da weiter, wo wir aufgehört hatten. Von einer Begegnung zur anderen setzte sich etwas fort, eine ungeschriebene Geschichte, ein Zusammenhang, der für Außenstehende nicht erkennbar war. Wir hatten einen Code, der aus gemeinsamen Erlebnissen und einer einvernehmlichen Erinnerung bestand. Das war, bevor ich mich mit meinen Erwartungen immer weiter von ihm entfernte. Oder er sich von mir. Unser gemeinsames Gedächtnis funktionierte nicht mehr.

›Er fremdelt‹, hieß es zunächst. Eine Sprachregelung zwischen mir und meiner Frau. Auf einmal gab es ein Wort für den Abstand, den er neuerdings zu mir hielt. Ein Wort, das beruhigte, denn damit war gesagt, daß wir es mit etwas Typischem zu tun hatten, einer Phase, die irgendwann vorübergeht. Wörter gibt es nur für Dinge, die potentiell jedem passieren. Und ich klammerte mich an dieses Wort, obwohl ich hätte wissen müssen, daß damit das Besondere unserer Verbundenheit von Augenblick zu Augenblick schon verlorengegangen war.

Sie zupft mich am Ärmel, und ich setze mich neben sie. Es gefällt mir, ihr nachzugeben, es ist einfacher so. »Also Kirsch«, entscheidet sie für uns beide, und ich bin zufrieden mit ihrer

Wahl. Der Kellner stellt die Flasche mit dem Himbeergeist wieder zurück und füllt die beiden Cognacschwenker, die er in seiner Hand hält, mit einer durchsichtigen Flüssigkeit von öliger Konsistenz. Kirschwasser. Na gut. Wir nehmen die Gläser in Empfang. Sie riecht daran, ich tue es ihr gleich. Ich überlege, ob ich von Aroma sprechen soll, der Alkohol sticht in der Nase, hochprozentige Süße. Sie dreht sich auf ihrem Stuhl, beugt sich zu mir herüber und prostet mir zu. Unsere Beine berühren sich, ihre Wade an meinem Schienbein. Ich muß mich beherrschen, um nicht zurückzuzucken. Sie findet offensichtlich nichts dabei. Trinken.

Ich fremdele. Ich würde mich gerne bei ihr mit den Worten entschuldigen, ›ich fremdele‹, zögere aber, sie anzusprechen, aus Angst, ich könnte ›Sie‹ zu ihr sagen. Ich halte sie noch immer für größer, als sie ist. Ihre Wade an meinem Schienbein, Nesselbrand der Berührung, ungewohnt und warm. Sie denkt gar nicht daran, ihr Bein zurückzuziehen. Ich harre aus. Sie ist erfahrener als ich, vielleicht macht mir das so zu schaffen. Der Alkohol und das Gefühl, daß mir die Situation langsam entgleitet. Am liebsten würde ich einfach nur weglaufen, ich muß mich zwingen, dazubleiben. Eine schöne Frau – rede ich mir zu –, eine schöne Frau ist kein wirklich ernstzunehmender Grund, die Flucht zu ergreifen, auch wenn sie sich in diesem Spiel besser auskennt. Es liegt an mir. Es ist der Abstand. Der Abstand geht mir nicht aus dem Kopf.

Dabei ist der Abstand nicht einmal das Schlimmste. Ich merke zwar, wie er mich beobachtet, von Mal zu Mal aus größerer Distanz. Es ist schon weniger ein Wiedersehen als eine kritische Voruntersuchung, ob er mich überhaupt wiedersehen will. Seine prüfenden Blicke, Gnade oder Ungnade. Manchmal legt er sogar den Kopf schräg, als müßte er angestrengt nachdenken. Es ist eine unverhohlene Musterung, der ich unterzogen werde, kein verstecktes Abtasten aus den Augenwinkeln. Er starrt mich ohne Schonung an, so als hätte ich durch meine Abwesenheit das Recht verwirkt, jemand anderes als ›der da‹ zu sein. Unausgesprochene Fragen, die es früher zwischen uns nicht gab: Wo bist du gewesen, warum warst du solange weg, was hast du die ganze Zeit gemacht. Und manchmal nicht einmal das, manchmal fragt er mit den Augen einfach nur, wer ist das. Aber der Abstand ist nicht das Schlimmste. Es ist etwas in seinem Gesicht.

Er wird eben sehr früh erwachsen, sagt meine Frau, so langsam bekommt er einen richtigen Charakterkopf. Ich würde ihr gerne glauben. Sie sagt, daß es mir nur deshalb auffällt, weil ich ihn so selten sehe. Er macht, sagt sie, eine Entwicklung durch, einen Reifungsprozeß mit allem, was dazugehört, Trotz, Verschlossenheiten, Eigensinn. Das sei völlig normal. Ich glaube ihr nicht. Sie lacht mich aus. Ob ich denn komplett vergessen hätte, wie ich früher gewesen sei? Jede Persönlichkeit prägt sich aus, indem sie sich abgrenzt. Ich schüttele den Kopf. Er grenzt sich nicht von mir ab. Grenzen markieren Berührungspunkte. Wir haben uns verloren.

Im Sitzen macht sich der Größenunterschied kaum bemerkbar. Im Sitzen könnte man meinen, wir seien ein Paar.

Ihr Gesicht erscheint mir noch immer sehr klein, ich könnte es mit einer Hand bedecken, ganz und gar. Schmale Schultern, schlanker Hals, noch einmal der Gedanke an Zerbrechliches, während sie mit dem Kellner tuschelt, der immer noch um uns herumsteht. Ich höre nicht zu, warte nur darauf, daß sie es wieder sagt, Marco, Pedro, Enrico, diesen Namen, den man mit dem Mund malt. Noch im Reden fängt sie an zu füßeln, fährt mit gestrecktem Spann sachte meinen Schenkel auf und ab. »Enrico«, sagt sie laut – ganz plötzlich, ich verpasse den Moment –, »jetzt den Himbeer.« Sie preßt ihr Knie gegen die Innenseite meines Schenkels. Ich erwidere den Druck.

Ich sehe, wie wir auseinandertreiben. Wenn ich nicht da bin, bin ich ihm näher als in seiner Gegenwart. Wir stehen uns gegenüber, und auf einmal gibt es keine Verbindung mehr zu meiner Erinnerung an ihn. Zwei aus dem Gedächtnis Gefallene sehen sich an. Ich glaube, manchmal weiß er wirklich nicht mehr, wer ich bin. Meine Frau irrt sich. Er wird nicht erwachsen – mit einem Erwachsenen könnte ich reden –, er wird ein anderes Kind.

Himbeer. Mir wird geringfügig übel. Ich komme mir vor wie beim Durchprobieren verschiedener Süßigkeiten. Den Geschmack von zuviel Nachtisch im Mund, im Magen eine ungute Hitze. Sie spitzt schon wieder die Lippen zu ihrem Marco-Pedro-Enrico-Gesicht, ich ahne, was das bedeutet. Sie denkt nicht daran, aufzuhören. Sie will es wissen, daran hat sich nichts geändert. Wenn ich nichts dagegen unternehme, wird sie immer weiter trinken. Und ich auch. Ich müßte es ihr verbieten. Vielleicht will sie das. Vielleicht will sie mich dazu bringen, ihr eine Grenze zu setzen. Ich soll bestimmen, was als nächstes geschieht. Wir halten Enrico unsere leeren Gläser hin. »Kirsch *und* Himbeer«, sagt sie.

Es ist nicht wahr, und wir beide wissen das, sein Charakter zeigt sich nicht erst jetzt. Persönlichkeit ist nichts, was im Laufe der Zeit entsteht. Er war schon immer eine Person. Seine Vorlieben, Abneigungen, sein ganz entschiedener Wille, es war alles da. Und es zeigte sich auch. In seinem Gesicht, in allem, was er sagte und tat. Es gibt nur einen Unterschied. Damals war er eine Person, die ich kannte. Jetzt ist er ein anderer, ich weiß nicht, wer.

Ich sage »Halt«, schärfer, als ich es wollte. Sie sieht mich an und grinst. Als hätte sie darauf gewartet. Sie hört gar nicht mehr auf zu grinsen, ziemlich benommen von dem süßen Zeug, aber froh. Das letzte Glas. Sie rückt noch näher an mich heran. Unsere Beine sind jetzt unentwirrbar ineinander verschlungen, ich spüre sie kaum noch, alles heiß und taub. Sie flüstert. Ich verstehe nicht, was sie sagt. Sie spricht sehr leise und leiernd. Ihre Zunge ist schwer. Ich verstehe kein Wort. Sie muß lachen und wiederholt sich, langsamer, sehr langsam. Ich höre angestrengt zu und denke unentwegt, so betrunken können wir nicht sein. Einzelne Silben, unterdrücktes Gelächter. »Dreimal darfst du raten«, sagt sie. Ich weiß noch immer nicht, was. »Na, was ich bin«, platzt sie heraus und lacht wieder los. Ich verstehe nicht ganz und sehe mich reflexartig nach ihrem Mann um, ein suchender Blick Richtung Ausgang. Auch das amüsiert sie. »Falsch«, freut sie sich, »Ehefrau ist völlig falsch, er ist nur ein guter Bekannter, ein alter Verehrer von mir, ich begleite ihn manchmal, reine Gefälligkeit, nichts weiter. Also, was bin ich, los, sag schon, was habe ich für einen Beruf, zwei Versuche hast du noch …«

Es ist etwas in seinem Gesicht. Ein Zug von Härte oder Grausamkeit vielleicht, den ich nicht von ihm kenne, den ich früher nie an ihm gesehen habe oder nicht sehen wollte.

»… einen Tip, weil du es bist, gebe ich dir einen Tip, ausnahmsweise. Mein Beruf ist … ich helfe Menschen, die sich entspannen wollen oder Abwechslung brauchen, und ich versuche, es Ihnen so angenehm wie möglich zu machen, für die paar Stunden, die sie sich mir anvertrauen …«

Es ist mehr als nur ein Zug. Sein ganzes Gesicht wirkt wie abgewandt. Auch wenn ich seinen Kopf in meinen Händen halten würde, Auge in Auge, es bliebe dabei, abgewandt. Ich kann nicht mehr in ihn hineinsehen.

»Etwas im Service-Bereich«, frage ich. Ich habe keine Ahnung, was ich sagen soll. Mir geht alles mögliche durch den Kopf. Aber sie würde mich nicht raten lassen, wenn sie wäre, was ich denke. Also sage ich Service-Bereich.

Es ist, als hätte sich sein Gesicht einfach abgelöst von dem, was er ist, was er einmal war. Als wäre es in einem nichtssagenden Augenblick ganz zufällig erstarrt.

Sie legt mir die Hand auf die Hemdbrust, wie um damit eine Zudringlichkeit abzuwehren. »Schon wieder falsch, leider«, flüstert sie. Ihr Gesicht ist jetzt ganz nah an meinem. Unser Atem vermischt sich. Ich könnte sie küssen. »Service-Bereich ist zwar richtig« – sie sagt ›Service‹ und ich sehe ihre Zungenspitze –, »aber es ist nicht das, was du denkst.« Sie läßt ihre Hand die Knopfleiste hinabgleiten. »Einen Versuch noch«, flüstert sie mir ins Ohr, »überleg es dir gut, letzte Chance.«

Aber was war es, was hat sein Gesicht erstarren lassen? Wie ist es passiert?

Ich weiß es nicht, ich weiß es wirklich nicht.

Ihre Fingerspitzen auf meiner Haut. Mir ist plötzlich kalt. Ich friere in meinem eigenen Schweiß, schwitze und friere noch mehr. Nackt, denke ich, auf einmal ist mir der Gedanke unerträglich, auch nur an irgendeiner Stelle meines Körpers nackt zu sein. Ich versuche, ein Zittern zu unterdrücken.

Oder meint sie mit ›Erwachsen-Werden‹, daß sein Gesicht ihn immer weniger zeigt, kein Ausdruck seiner Persönlichkeit ist, sondern eine Maske, die sich vor alles schiebt.

»Hör zu, vielleicht sollten wir irgendwohin gehen, wo wir ungestört … Die Bar in meinem Hotel hat sicher noch auf, und ich …« Meine Stimme zittert, ich will nicht, daß sie es bemerkt, aber sie wartet noch immer auf Antwort und läßt nicht von mir ab mit ihrem Blick. »Vielleicht können wir das später besprechen, ich bin im Moment nicht ganz bei der Sache, es wäre doch schade, wenn wir beide uns nur deshalb …« Sie schüttelt ganz langsam den Kopf.

Ich brauche Schlaf. Einfach Schlaf.

»Du meinst also, ich bin eine Frau, die mit fremden Männern in Bars geht?« Eine ungute Frage, aber das ist mir egal, ich nicke. »Zum dritten Mal falsch, tut mir leid.« Sie zieht ihre Hand weg, läßt sich in ihren Stuhl zurückfallen, sieht mich an.

Eine Maske, ein totes Gesicht. Aber das ist es nicht, was mich erschreckt. Das Erschreckende ist, er ist mir vollkommen fremd, und er sieht aus wie ich.

»Wirklich schade«, sagt sie, steht auf und geht. Ihre Schritte wirken erstaunlich sicher, vielleicht deshalb die flachen Schuhe. Auf halbem Weg zum Ausgang dreht sie sich noch einmal nach mir um. »Wir wünschen Ihnen einen angenehmen Aufenthalt.«

Ich bleibe noch einen Augenblick sitzen, keine Ahnung, wie lange. Dann rappele ich mich hoch. Es geht besser, als ich dachte. Der Schüttelfrost ist weg. Ich bin nicht enttäuscht, etwas durcheinander vielleicht, aber nicht enttäuscht. Erleichtert eher. Und müde. Sehr müde sogar.

Auf dem Weg nach draußen ein paar Handschläge zum Abschied. Die meisten sind schon gegangen. An der frischen Luft merke ich den Alkohol schlagartig wieder. Mein Taxi kommt, ich steige ein, habe mit allerlei Schwindelgefühlen zu kämpfen, bekomme mich unter Kontrolle. In dem mit Regentropfen besprenkelten Seitenfenster mein Gesicht, bleich, formlos, verlaufen. Ich schaue geradeaus auf die Straße.

Rezeption. Nachtportier. Schlüssel. Ein heiseres Gute Nacht in der Vorhalle. Ich zögere noch einen Augenblick vor dem Eingang zur Hotelbar. Sie hat tatsächlich noch geöffnet. Klaviergeklimper und Schummerlicht. Aber es macht einfach keinen Sinn. Stewardeß, denke ich auf einmal, natürlich, sie ist Stewardeß. Es paßt alles zusammen. Sie ist im üblichen Sinne gutaussehend, ›zierlich‹ und macht es den Leuten, die sich ihr anvertrauen, wie sie sagt, für ein paar Stunden so angenehm wie möglich. Stewardeß, das war doch ganz simpel.

Ich gehe schlafen. Halb drei. Um diese Zeit hatte mein Sohn schon Geburtstag.

Du riechst so gut.

4

Christina.

Ich weiß, daß ich Hendrik nicht vor ihr verstecken kann, und sie weiß das auch. Aber sie rechnet damit, daß ich es versuche. Es würde sie überraschen, wenn ich sie anrufe, um über ihn zu plaudern, nur so – hallo, Sibylle, Christina hier! –, ich könnte ihr alles mögliche erzählen, wir würden unseren Spaß haben, zusammen lachen, beinahe wie früher, während sie sich immerzu fragen muß, ob ich aus Naivität so gut auf sie zu sprechen bin oder aus Hinterlist. Wir könnten wieder Freundinnen sein. Nicht, daß es sie daran hindern würde, mit Hendrik etwas anzufangen. Aber darum geht es nicht. Es würde sie überraschen, das genügt. Ich hätte große Lust dazu.

Das Telefon auf dem Nachttisch, Duschgeräusche aus dem Badezimmer nebenan – ich bräuchte noch nicht einmal leise zu sprechen, Hendrik kann mich nicht hören, und innerhalb der nächsten Viertelstunde ist nicht mit ihm zu rechnen. Ich könnte ihn mit Sibylle verkuppeln, er würde nichts davon merken. Er würde sich allenfalls wundern, warum ich so fröhlich bin.

Ich ziehe das Telefon von Hendriks Seite zu mir herüber, ohne meine Lage im Bett zu verändern, meine Lieblingshaltung am Kopfende, gleich neben dem Stück Tapete, an dem ich jede Nacht vor dem Einschlafen kratze. Zwischen losen Rauhfaserteilchen kommt inzwischen schon der blanke Putz zum Vorschein, der sich körnig anfühlt unter meinen Fingernägeln. Ich muß daran denken, die Stelle nachher wieder vor Hendrik zu verstecken, und rücke das große Kissen nur ein wenig beiseite. Erst, wenn er eingeschlafen ist, habe ich die Tapete für mich allein.

Am liebsten würde ich den Telefonhörer einfach so ins Zimmer halten, dann könntest du hören, wie es uns geht. Hendrik singt nicht unter der Dusche, er redet, und das heißt, er redet ausgiebig, mindestens zweimal pro Tag, morgens vor dem Frühstück und abends nach dem Abendbrot. Als Mediziner sei er gewöhnt, besonders auf seinen Körper zu achten, sagt Hendrik. Doch ich vermute, daß es eher intellektuelle Gründe hat. Unter der Dusche hält er Reden, wie er sie wohl in seinem ganzen Leben niemals halten wird – schon gar nicht zweimal täglich. Insofern, scheint mir, ist Duschen bei Hendrik in erster Linie geistige Hygiene.

Das erklärt auch, warum er im Badezimmer wesentlich mehr Zeit braucht als ich. Es ist sinnlos, Hendrik zu bitten, er möge sich doch heute etwas kürzer fassen. Selbst wenn du wie wild gegen die Badezimmertür trommelst und mit Polizei oder Feuerwehr drohst – unter der Dusche läßt sich Hendrik das Wort nicht abschneiden. Duschen heißt für ihn ausreden. Und weil man das nur respektieren kann oder sich von Hendrik trennen muß, darf ich von uns beiden immer zuerst ins Bad.

Was er unter der Dusche so sagt? Am Anfang habe ich versucht, ihn zu belauschen. Mit niederschmetterndem Ergebnis. Er ging, wenn ich mich nicht verhört habe, sehr ins fachliche Detail. Doch das ist lange her. Inzwischen halte ich es für ein Gebot der Höflichkeit, kein einziges Wort zu verstehen. Höflichkeit ist eine Tugend, die mir in einer Partnerschaft auf Dauer immer wichtiger erscheint – wenn du weißt, was ich meine. Zu Beginn, solange beide sich bemühen und mit ihrer eigenen Scheu zu kämpfen haben, ist jeder automatisch höflich. Deswegen gerät leicht in Vergessenheit, daß es einer gewissen Anstrengung bedarf, dem anderen mit Respekt zu begegnen. Mit der Zeit reißt das ein, alles wird selbstverständlich und damit irgendwie wertlos. Und schließlich stehen sich Mann und Frau in bekleckerten Unterhemden und ausgelatschten Pantoffeln gegenüber und fragen sich, was sie einmal aneinander gefunden haben. Alles nur mangels Höflichkeit. Lach nicht.

Ohne Höflichkeit hat nichts Bestand. Und je länger so ein Zusammenleben dauert – du weißt wirklich nicht, was ich meine? –, desto deutlicher zeigt sich, daß Höflichkeit überwiegend auf der Fähigkeit beruht, über gewisse Dinge hinwegzusehen – oder hinwegzuhören. Zum Beispiel über Volksreden im Badezimmer, verzerrt durch allerlei Gurgellaute und andere Nebengeräusche der Kanalisation. In gewisser Weise ist das Liebe: bei einem einzigen Menschen eine Ausnahme zu machen und gewisse Eigenheiten, die einen bei anderen Leuten stören würden, einfach zu ignorieren. Das denke ich jedesmal, wenn ich Hendrik im Badezimmer schwadronieren höre – oder vielmehr nicht höre –, während ich schon schlaffertig im Bett sitze und an der Tapete kratze.

Wenn Hendrik dann anfängt zu pfeifen, ist das wie Entwarnung. Wenn er pfeift, heißt das, er rasiert sich, und ich kann die Ohren wieder aufsperren. Nicht, daß Hendrik ein sonderlich talentierter Pfeifer wäre, im Gegenteil, er spitzt eigentlich nur die Lippen, bläst Luft hindurch und saugt sie auf demselben Wege wieder ein, Melodien Fehlanzeige. Er hat nie richtig pfeifen gelernt. Aber dafür ist er ein begnadeter Rasierer. Von allen Männern, die ich in meinem Leben geküßt habe, hat Hendrik mit Abstand die glatteste Rasur, und er rasiert sich zweimal am Tag, nach jeder Dusche, auf seine Weise pfeifend, wohl deshalb, weil sich das Redenschwingen beim Rasieren als ungünstig herausgestellt hat.

Du würdest das eitel nennen. Wahrscheinlich ist ›eitel‹ genau das Adjektiv, das die deutsche Sprache für einen Mann parat hat, der im Schnitt zwei Stunden täglich im Badezimmer verbringt. Aber ›eitel‹ ist nicht das Wort, das zu Hendrik paßt, so wie ich ihn kenne. Ich würde allenfalls sagen, ›gepflegt‹. Und auch das trifft es nicht ganz. Gepflegt wirkt Hendrik dank seiner gründlichen Morgenrasur, mit der er vor alle Welt hintritt, die bewundernd den Atem anhält und seine makellos glatte Gesichtshaut vergeblich nach Schnitzern und Blutkrusten absucht. Doch das erklärt noch lange nicht seine ebenso penible Nachtrasur. Nach dieser Rasur sehe nur ich ihn, niemand sonst kommt in den Genuß dieser zu Glätte gewordenen Haut. Sie ist für mich allein bestimmt. Und deswegen nenne ich ihn zärtlich.

Schon der Gedanke daran macht mich froh. Es ist ein bißchen so wie mit dem nuschelnden Wort Genuschel: Der

Gedanke an Zärtliches ist selbst schon eine kleine Zärtlichkeit, so wie jede Zärtlichkeit immer auch etwas Gedachtes hat. Und dafür bin ich Hendrik dankbar. Ich nenne ihn zärtlich, weil er mich zärtlich denken läßt, und streiche mit den Fingernägeln nur noch leicht über die Tapete, ganz leise, du kannst es nicht hören. Ich weiß nicht mal, ob ich es Lena erzählen würde, wenn ich könnte. Vielleicht. Vielleicht würde ich aufrecht im Bett sitzen, zwei Kissen in den Rücken gestopft, die Bettdecke stramm um Beine und Füße gewickelt, regungslos, genau so. Ich würde flüstern, wie ich es tue, und dabei auf das Kratzen an der Wand lauschen, das immer schwächer wird, bis sie eingeschlafen ist und ich aufhöre, mich zu spüren. Zuerst ist es mein Körper, der in Schlaf versinkt, dann ein immer größerer Teil von mir, alles, bis auf einen winzigen, ausdehnungslosen Punkt in meinem Kopf, der wach bleibt und immer klarer wird. Dann, vielleicht, könnte ich ihr sagen, wie zärtlich Hendrik sein kann. Auf einmal sagt es sich ganz leicht, und es erscheint mir auf sehr schöne Weise schade.

Früher, wenn ich krank war, habe ich manchmal tagelang so dagesessen, zugedeckt bis zur Brust, den Saum der Bettdecke unter den Achseln, Kissen im Rücken und Kopf hoch. Auf diese Weise hatte ich das Gefühl, nicht völlig in der Krankheit zu verschwinden. Der ganze Organismus ruht sich aus und spürt der vielbeschworenen Bettruhe nach, die von der Matratze langsam in den Körper kriecht. Wohltuendes Kribbeln, allmähliche Lockerung bisher ungespürter Muskeln, Schwerelosigkeit. Aber ich liege nicht ausgeliefert da und warte auf den Schlaf, der ohnehin nur kommt, wann er will. Ich strecke den Kopf heraus und weiß mich am rechten Ort.

Während der Vorbereitung auf mein Physikum habe ich das Sitzliegen weiter perfektioniert. Das war, nachdem du ausgezogen warst. Ich blieb einfach im Bett und verlagerte meinen Schreibtisch Stück für Stück ins Schlafzimmer. Das ging so wochenlang. Mit der Zeit habe ich eine Virtuosität im Sitzliegen entwickelt, um die mich sogar langjährige Krankenhauspatienten beneiden würden. Wenn es danach gegangen wäre, hätte aus mir eine gute Ärztin werden können.

Sandelholzgeruch, der zusammen mit dünnen Schwaden Wasserdampf durch den Spalt unter der Badezimmertür zu mir herüberzieht wie Rauch. Als Hendrik und ich uns kennenlernten, fiel mir sofort dieser Geruch auf. Ich mochte ihn nicht besonders, aber er beschäftigte mich. Ich hatte keine Ahnung, was für ein Duft das sein sollte: so würzig, spröde auf eine Art, aber zugleich ein bißchen süßlich wie Ingwer. Zuerst dachte ich, Hendrik hätte vielleicht in einem exotischen Restaurant direkt neben einer Duftkerze zu Mittag gegessen. Aber dazu paßte nicht der seifige Unterton.

Außerdem roch Hendrik bei unserem nächsten Treffen genauso. Und da sich dieser Geruch bei jeder Begegnung gleich blieb, wurde er mir bald vertraut. Später erst, als Hendrik mich seinem Vater vorstellte – einem angesehenen Chirurgen, wie er betonte, um mir die Tragweite dieser Begegnung bewußt zu machen –, begriff ich, was es war. Ich hatte seinem Vater dabei geholfen, einen kleinen Imbiß zuzubereiten, und als ich mir die Hände waschen wollte, lag sie da, eine hellbraune Seife in einer runden, vanillefarbenen Seifenschale und gleich daneben eine Holzkassette mit einem ganzen Vorrat an Seifenstücken dieser Art. Sandelholz! Ich weiß nicht mehr, ob es auf dem Etikett tatsächlich geschrieben stand oder ob es allein die Verbindung von gemasertem Holz mit dieser würzigen Süße war, die mich an Sandelholz denken ließ, auch wenn ich keine klare Vorstellung davon hatte, wie es an und für sich roch. Aber ich wußte, wie Hendrik riecht, und das Spröde, Herbe seines Duftes, das ich bis dahin nicht einordnen konnte, erklärte sich mir auf einmal: Holz, natürlich. Süßes, exotisches Holz. Sandelholz. Und sein Vater roch genauso.

Wahrscheinlich hatte Hendrik diesen Geruch von seinem Vater geerbt. Ganz sicher sogar. Der Vorrat an Seifenmedaillons, der hier lagerte, überstieg den Verbrauch einer Einzelperson auf absehbare Zeit. Er schien dafür bestimmt zu sein, von Generation zu Generation weitergereicht zu werden. Möglich, daß Sandelholzseife seit jeher in Hendriks Familie lief und ihr Duft bereits von langer Hand auf seinen Vater übergegangen war. Ich konnte nur spekulieren über die seltsame Vorliebe des Chirurgen für diesen exotischen Geruch, der so gar nicht in die sterile OP-Welt paßte und sich vermutlich schwer abwaschen ließ. Aber vielleicht war es gerade das. Vielleicht schien ihm nur dieses Gemisch aus sprödem Holzduft und der süßen Würze von Ingwer kräftig genug, um jeden Gedanken daran zu vertreiben, daß Seife aus Knochen gemacht war.

Ich hatte mir die Hände abgetrocknet und roch kurz daran: Hendriks Hände, wie wenn er sich unbemerkt hinter mich geschlichen hätte, um mir mit einem plötzlichen Griff die Augen zuzuhalten. Der Geruch seiner Hände auf meinem Gesicht. Der Reflex, sie schnellstens in den Hosentaschen verschwinden zu lassen. Auch das eine Geste, die eigentlich Hendriks Händen entsprach, deren Angewohnheit es war, sich nach einem gebärdenreichen Vortrag in weiten Cordhosen zu vergraben. Ich sollte das Gefühl so bald nicht loswerden, daß sie auf unsichtbare Weise nicht mehr zu mir gehörten.

Mit diesem Geruch verband sich eine uralte Familienphantasie. Ich konnte gar nicht anders als mir vorzustellen, wie sich diese spröde Süße über alles legte, womit sie in Berührung kam, wie sie davon Besitz ergriff. In ihrem Duft verewigten sich Vater und Sohn, ihn trugen sie hinaus in die aseptischen Sphären der Medizin. Hendriks Vater, der sich nach einer Operation die Gummihandschuhe abstreift und seinen außergewöhnlichen Chirurgengeruch per Handschlag weitergibt an seine Assistenten und die wartenden Angehörigen. Und sein Sohn, der mit demselben Geruch an den Händen in den Hörsaal hineingestikuliert und tiefsinnige Dufträtsel über den Reihen seiner Zuhörer ausstreut. Sandelholz. Du gewöhnst dich daran.

Lena hätte es sofort erkannt. Lena hatte schon immer die feinere Nase von uns beiden, die feinste in der ganzen Familie. Und genau deshalb wollte ich sie nicht mit Hendrik bekannt machen, jedenfalls nicht so bald. Lena war in ihren

Urteilen, was Gerüche anging, rigoros. Sie brachte es fertig, sich eine abschließende Meinung über einen Menschen zu bilden, noch bevor er überhaupt ein einziges Wort mit ihr gesprochen hatte – alles nur aufgrund seines Geruchs. Und das bei Hendriks Sandelholzhänden! Ich hatte Angst, sie könnte mir auf den Kopf zusagen, daß wir beide nicht zusammenpassen, so wie sie augenblicklich sagen konnte, ob ein Parfüm gut zu mir paßte oder nicht. Ihre Urteile konnten vernichtend sein. Dabei hatte ich weniger die Befürchtung, daß sie meinen könnte, Sandelholz würde sich nicht mit mir vertragen. Ich hatte vor allem Angst, sie könnte recht haben.

Sie wußte, daß ich verliebt war. Es hatte keinen Sinn, ihr etwas vorzumachen. Und wenn ich noch soviel Parfüm aufgetragen hätte, es wäre ihr nicht entgangen, sie hatte ihre Methoden. Oft schlüpfte sie mit der Hand in meinen Ärmel und arbeitete sich mit den Fingerspitzen bis zur Armbeuge vor. Schon als Kind hatte sie das getan, sehr zur Erheiterung sämtlicher Erwachsener. Sie glaubten, Lena wolle sie kitzeln – die vorwitzige, verspielte Lena – und ließen es sich gefallen. Warum sie das wirklich tat, blieb lange Zeit ihr Geheimnis. Sie kitzelte nicht, sie kratzte leicht und roch dann in einem unbeobachteten Moment an ihren Fingerkuppen. Mit ihren Nägeln hatte sie winzige Hautpartikel, Schweiß und Körpersekret abgeschabt. So konnte sie sich auch bei stark parfümierten Menschen ein Bild von ihrem Eigengeruch machen.

Lena wußte immer sofort, was mit mir los war. Sie sah es nicht nur auf den ersten Blick, sie roch, ob es mir gerade gut oder schlecht ging oder nur soso. Bei jeder Begrüßung umarmte sie mich, und ich spürte im Nacken, wie sie den Duft meiner Haare einsog. Für den Bruchteil einer Sekunde hielt sie den Atem an, dann folgte so etwas wie ein Seufzer, sobald sie unseren ›Geschwistergeruch‹ festgestellt hatte, von dem ich nie hätte sagen können, worin er bestand.

Das Ganze war mir unheimlich. Seitdem ich wußte, daß sie mich auf diese Weise musterte, hatte ich jedesmal das bange Gefühl, bei ihrer Geruchskontrolle durchzufallen. Es wurde beinahe zur fixen Idee, daß Lena mich von einem Tag auf den anderen nicht mehr würde riechen können. Ich rechnete jederzeit damit, frühmorgens aufzuwachen, nach einem schlechten Traum, einer unruhigen Nacht, und plötzlich Lena zu sehen, wie sie im Nachthemd neben meinem Bett stand und die Nase rümpfte. Ich schlief schlecht vor Angst, mein Geruch könne sich verändern, auf einmal nicht mehr unser ›Geschwistergeruch‹ sein, sondern nach Wäschestärke oder Mottenkugeln riechen oder Schlimmerem. Lena würde es sofort bemerken. Sie war die jüngere von uns beiden, aber ihr Urteil in Geruchsfragen war unbestechlich. Wenn es am Frühstückstisch darum ging, ob ein Stück Quark, Wurst, Joghurt oder Milch noch gut war, mußte immer Lena daran riechen, und falls sie das Gesicht verzog – dann sofort weg damit. Sie ging noch nicht zur Schule, war kaum vier oder fünf Jahre alt und schon unser Geruchsorakel. Und genau so, wie sich ihre Nase kräuselte und ihr Gesicht zu einer Grimasse des Ekels erstarrte, wenn der Quark einen Stich hatte oder die Milch sauer war, genau so, befürchtete ich, würde sie mich eines

Morgens anschauen, als wäre ich über Nacht schlecht geworden.

Ich habe nie versucht, ihr etwas zu verheimlichen. Sie wußte, daß ich verliebt war. Sie hatte die Sandelholzspuren seiner Hände an mir gerochen. Es wäre hoffnungslos gewesen, das vor ihr verbergen zu wollen. Aber mit Hendrik war es etwas anderes. Es machte mir nichts aus, daß sie seine Sandelholzhände roch auf meiner Haut, in meinem Haar, aber ich wollte nicht, daß sie ihn selbst riecht. Ich wollte, daß sie seinen Geruch einzig und allein durch mich wahrnimmt, so wie du dir wünschst, daß der Geliebte von aller Welt so gesehen wird, wie du selbst ihn siehst.

›Du riechst so gut!‹ Ich war gerade vom Frühstückstisch aufgestanden, um meine Schulsachen zu packen, da stellte sich Lena in die Tür – sie ging noch nicht zur Schule, glaube ich, oder mußte aus anderen Gründen zu Hause bleiben, kann sein, sie fühlte sich nicht wohl. Sie war mir nachgegangen, während sie doch sonst immer so lange wie möglich am Frühstückstisch sitzenblieb, wo sie mit ihrer feinen Nase die Königin der Tafel war. Sie schaute mir einen Augenblick dabei zu, wie ich das Pausenbrot in meinem Ranzen verstaute. Ich spürte ihren Blick im Nacken, ihre begierige Nähe. Sie wollte etwas von mir. Gleich wird sie es sagen, jetzt, dachte ich, es kam mir selber schon so vor, als hätte meine Haut den Geruch von alten Laken angenommen. Doch ich hatte weniger Angst als erwartet, ich wollte es nur so schnell wie möglich hinter mich bringen: entdeckt werden, gedemütigt und fort. Geh nicht weg, sagte sie, du riechst so gut. Mit keinem Satz hätte sie mich mehr treffen können. Ich schnallte meinen Ranzen um, ließ sie stehen und ging. Aber ich habe den ganzen Schulweg lang vor Freude geweint.

›Du riechst so gut!‹ Es war das erste Mal, daß wir uns begegneten, seitdem ich Hendrik kennengelernt hatte. Ich war ihr eine Zeitlang aus dem Weg gegangen und suchte fieberhaft nach einer Ausrede, ihre Umarmung empfand ich als unangenehm. Und dann aus ihrem Mund derselbe Satz, den ich ihr nie vergessen hatte, nur bedeutete er jetzt etwas völlig anderes. Sie wußte, daß ich mich verliebt hatte, und wollte wissen, in wen. Sie spürte, daß ich dabei war, mich zu verändern, und diese Veränderung nicht fürchtete wie früher, sondern mehr als alles andere wollte. Ihr Satz galt nicht mir, nicht unserem ›Geschwistergeruch‹, sondern dem Fremden an mir, dem Duft von Sandelholz und seiner spröden Süße. Es roch so gut, daß sie noch einmal, zweimal Luft holte in meinem Haar. Lena wollte alles davon wissen. Sie wollte mit hinein in meine Sandelholz-Geschichte, aber ich ließ sie nicht. Ich ließ sie stehen und ging.

Ich muß ein Fenster öffnen. Dampfschwaden ziehen durch die Türritzen ins Schlafzimmer, das sich mehr und mehr füllt mit dem feuchten Sandelholzatem des Bads. Ich klettere aus dem Bett und trete ans Fenster, wo ich tagsüber oft stehe und auf die Straße hinausschaue, auf die kleinen Läden im Erdgeschoß, den üblichen Gang der Dinge und seine unmerklichen Sensationen, auf die von der Schule kommenden Kinder um kurz nach eins, alle geschwisterlos, ich habe das Gefühl, sie zu beschützen, indem ich ihnen zusehe. Jetzt sind die Scheiben beschlagen, weißgrauer Dunst, das Zimmer schwitzt. Dahinter verschwindet die Nacht. Augenblick.

Fenster auf. Es ist windig draußen, ein böiger, unsteter Wind, der an den Fensterläden rüttelt und schwer gegen die Scheiben drückt. Die leergefegte Straße, schwankende Lichter auf dem nassen Asphalt, die heruntergelassenen Rolläden der Häuserfront gegenüber, die der Wind vor- und zurückschlägt, während ein Lärm in der Luft liegt, als wäre eine Sturmböe durch ein Orchester gefahren, das gerade seine Instrumente stimmt.

Er drängt ins Zimmer, dieser Wind, der merkwürdig warm ist für die Jahreszeit und mir über die Haut fährt, weich und gewaltsam zugleich. Er greift in die Vorhänge, zerrt daran. Wie von einer plötzlichen Aufregung erfaßt, flattern sie hin und her, der ganze Raum gerät in Bewegung. Auf einmal ist alles zu leicht, die Kleider auf ihren Bügeln, die Zeitschriften und Bücher auf dem Nachttisch, die Bilder an der Wand, zu leicht und hinfällig jetzt, was eben noch auf sich beharrt hatte wie jedes Ding. Ich kann es nicht unter den Händen halten, den Aufruhr nicht besänftigen, der um sich greift. Alles rutscht hinein in die Unruhe, die dieser warme Wind ins Zimmer treibt. Ich möchte Hendrik rufen, damit er mir hilft, ihn wieder auszusperren, aber der Wind ist schon überall, faßt an, wirft um, Hendrik, möchte ich rufen, aber ich habe Angst, meine Stimme könnte zu schwach sein. Was, wenn sie nicht zu ihm durchdringt, wenn er nur dasteht vor seinem Rasierspiegel und mit gespitzten Lippen weiter vor sich hin pfeift. Wenn er mich nicht hört, dann ist es besser, nicht gerufen zu haben. Ich umklammere den Fenstergriff mit beiden Händen und stemme mich gegen die hereindrängenden Luftmassen. Es gelingt mir, das Fenster zuzudrücken bis auf einen winzigen Spalt. Der Wind ist jetzt nur noch Geräusch, ein grelles, wechselvolles Pfeifen. Im Badezimmer steht Hendrik eingeschäumt vor seinem Spiegel, hört nichts und ist nicht mehr zu hören in der Vielstimmigkeit dieses Luftzugs. Ich zögere einen Augenblick, ob ich mir nicht die Ohren zuhalten soll. Es ist, als würde das Pfeifen immer schriller werden. Doch auf dem höchsten Punkt reißt es ab. Die Fuge zwischen Fenster und Rahmen schließt sich mit einem Ruck. Ich drehe den Griff schnell um. Es ist still. Ich schaue lieber durch Fenster, wenn sie geschlossen sind.

Draußen rumort der Wind weiter, aber es ist nur ein fernes Echo hinter Glas, was den Eindruck von Stille noch verstärkt. Es dauert, bis ich Hendrik wieder pfeifen höre, leise und wie von weither, aber mit unveränderter Eintönigkeit. Das Zimmer hat sich noch nicht wieder beruhigt. Alles wirkt eine Spur verschoben, verblättert, zerzaust. Ich fröstele auf einmal, obwohl oder vielleicht gerade weil es plötzlich so still ist um mich herum. Ein letzter Blick auf die Straße, die ›Happy Hour‹-Leuchtreklame einer kleinen Kneipe weiter unten, in der ich noch nie gewesen bin. Es ist noch gar nicht so spät, ein Auto auf Parkplatzsuche, ein paar geduckte Gestalten am Eingang, für die das Leben jetzt erst beginnt, was hält mich zurück, denke ich und versuche, eine Spur der Aufregung wiederzufinden, mit der ich früher um die Häuser gezogen bin. Dann lege ich mich wieder ins Bett, um mir von dort aus die vielen kleinen Unaufgeräumtheiten anzuschauen, die der hereingeschlagene Wind hinterlassen hat. Ich weiß nicht, was ich Hendrik sagen werde. Möglich, daß er es gar nicht bemerkt. Da bin ich wieder.

Ihr eigenes Leben war ihr nie genug. Lena wollte teilhaben an allem, was mir passierte. Nacht für Nacht mußte ich ihr berichten, was ich erlebt hatte – auch wenn eigentlich nichts Außergewöhnliches vorgefallen war. Sie löcherte mich so lange mit Fragen, bis sie etwas fand, das für sie von Interesse war. Schon allein um ihren Verhören zu entgehen, erzählte ich meist ganz von selbst. Ich tat das sehr gewissenhaft. Wenn ich lügen würde, dachte ich, könnte sie das riechen.

Also habe ich jede Nacht Rechenschaft abgelegt. Ich konnte hören, wie ihre kleinen Finger an der Tapete kratzten, während sie dalag und lauschte, ein schabendes, scharrendes Geräusch in der Dunkelheit. Manchmal kam es mir vor, als würde ich nächtelang nur mit diesem Geräusch reden, das dann und wann heftiger wurde oder nachließ, ohne daß ich hätte sagen können, ob es Zustimmung oder Ablehnung ausdrückte. Manchmal verstummte es auch mitten in einer Geschichte, die ich gerade erzählte, brach ab und setzte nicht wieder ein, auch dann nicht, wenn ich nur noch ganz leise gegen die Wand sprach. Lena war eingeschlafen. Und ich blieb mit meiner Geschichte allein zurück.

Es kam nicht häufig vor. Meistens war Lena wacher als ich, und sie bestand darauf, daß ich keine Einzelheit ausließ, auch wenn ich todmüde war. Es ging ihr nicht um Gute-Nacht-Geschichten, sie wollte alles andere als in den Schlaf geredet werden, Lena reichte der Tag nicht. Es war ihr zu wenig, die Welt in Einzahl zu erleben – nur aus ihrer Sicht, in ihrer Haut, an diesem Ort zu dieser Zeit. Sie wollte überall sein, um nur nichts zu verpassen. Jedesmal, wenn wir ins Bett geschickt wurden, war es ein Kampf. Ihre Neugier ließ nicht zu, daß sie für so viele Stunden vom Leben ausgeschlossen wurde, in ein dunkles Zimmer gesperrt und zur Untätigkeit verdammt. Obwohl sie anderthalb Jahre jünger war als ich, war gar nicht daran zu denken, daß sie vor mir schlafen ging. Wenn sie schon ins Bett mußte, dann zusammen mit mir, ihrer nächtlichen Berichterstatterin, die ihr gewissenhaft von dem Leben und Erleben erzählte, das außerhalb ihrer Person stattfand.

Zunächst war es ein Spiel. Jedenfalls neigte ich dazu, es als ein Spiel aufzufassen oder als einen Gefallen, den ich ihr ohne viel Aufhebens tat – die Klügere gibt nach. Aber natürlich war es schon bald mehr als das. Ich merkte, wie der Gedanke, was ich Lena erzählen würde, meinen Tag beherrschte. Ich fing an, unruhig zu werden, sobald in der Schule nichts Berichtenswertes vorfiel, und wenn der Nachmittag verstrich, ohne daß sich eine Geschichte für Lena abzeichnete, wurde ich langsam, aber sicher panisch. Anders die ereignisreichen Tage. Schon im Augenblick des

Erlebens dachte ich daran, wie und mit welchen Worten ich Lena erzählen würde, was im Begriff war, mir zu passieren. Manchmal standen die einzelnen Sätze meines Berichts im Augenblick des Geschehens fix und fertig vor mir. Manchmal eilten die Formulierungen sogar den Ereignissen voraus, so daß ich schon wußte, was ich Lena berichten würde, bevor es wirklich stattgefunden hatte. Noch vor meinem ersten Kuß existierte der nächtliche Satz, heute habe ich ihn zum ersten Mal geküßt.

Lena war allgegenwärtig. Ich wurde das Gefühl nicht mehr los, daß sie mir über die Schulter schaute, wo immer ich stand und ging. Was auch geschah, es passierte nur vorläufig mir, nur vorübergehend, damit ich es Lena überliefern konnte. Meine Erlebnisse und Gedanken waren für sie bestimmt. Sie gehörten mir nicht wirklich. Und was ich ihr gegenüber nicht erwähnte, war wie ungeschehen. Es blieb irgendwo in der Schwebe zwischen Wirklichkeit und dem, was erst noch wirklich werden will. Ich war nicht nur Lenas Doppelgängerin im Leben, ein Ableger ihrer unermüdlichen Neugier. Was ich erlebte, wurde erst dadurch real, daß ich es ihr berichtete. Unser Spiel war außer Kontrolle geraten.

Meine Geschichten waren ihre Geschichten. Sie waren erst vollständig, wenn sie Lena erreichten. Aber dann hatten sie mich schon verlassen, und ich fühlte mich leer, mutlos und ausgelaugt. Ich wußte mir nicht anders zu helfen, als daß ich ihr das eine oder andere verschwieg, um wenigstens etwas für mich zu behalten. Es handelte sich immer nur um Kleinigkeiten, entbehrliche Details, die ich wegließ, alles andere wäre ihr aufgefallen. Und trotzdem war es ein seltsames Gefühl, so als würde man bei einem Brief, den man gerade fertig geschrieben hat, plötzlich den Adressaten wegstreichen oder ein paar Seiten wieder in der Schublade verschwinden lassen. Die ganze Geschichte war schon da, ich brauchte ihr nur noch meine Stimme zu geben. Aber ich erzählte Lena nicht alles, in der Hoffnung, die Worte würden sich nach und nach verlieren. Ich glaubte, irgendwo mit dem Schweigen anfangen zu müssen, um meine Geschichte wieder so stumm werden zu lassen, wie Geschichten wirklich sind.

Im Badezimmer ist es plötzlich still. Hendrik hat aufgehört zu pfeifen. Ich muß jetzt Schluß machen.

That's me in the corner
Autoradio, 13 Uhr 26.

5

Philipp.

Ich habe sein Geschenk vergessen. Das ist nicht der Satz, der mich zerstört, aber ich überlege, ob ich den Mut hätte, ihn der Anhalterin zu sagen, wenn sie neben mir säße. Vielleicht wäre das eine Erleichterung. Wahrscheinlich müßte ich es immer wieder sagen, damit dieser Satz irgendwann so leicht wird, daß ich ihn im Ernstfall über die Lippen bringe. Mir ist vollkommen klar, daß ich mir damit ihre Sympathien – auf die ich nicht spekuliere – endgültig verscherzen würde, wenn sie welche für mich hätte. Aber es wird immer noch einfacher sein, ihn der Anhalterin zu sagen als meinem Sohn.

Ich habe sein Geschenk vergessen. Es ist sein Geburtstag. Ich fahre über sechshundert Kilometer, um ihn zu sehen, und komme mit leeren Händen. Die Wahrheit ist, es gibt gar kein Geschenk. Ich bin momentan nicht im Bilde, was er sich wünscht. Nichts wäre erbärmlicher, als ihm ein Fahrrad zu schenken, das er gerade bekommen hat. Ein Buch, das er schon kennt. Einen Rekorder oder Walkman, wenn er sich eigentlich eine Anlage gewünscht hat. Ein Geschenk würde mich nur verraten. Ich möchte nicht, daß er sich über etwas freuen muß, das nichts weiter als meine Ahnungslosigkeit bezeugt. In die Verlegenheit möchte ich ihn nicht bringen. Das würde er mir nie verzeihen.

Aber er wird nicht verstehen, warum ich ihm nichts schenke. Unmöglich, ihm das zu erklären. In seinen Augen werde ich schlicht derjenige sein, der ihm nichts mitgebracht hat. Ich kann von einem kleinen Jungen nicht erwarten, daß er das versteht. Schließlich bin ich der Erwachsene, ich kann mir alles leisten, was in Reichweite seiner Wünsche liegt. Ich bräuchte nur meine Brieftasche zu zükken, es wäre ganz leicht. Aber ich kann es nicht. Das begreife, wer will. Die Wahrheit ist, ich kenne ihn zu wenig, um ihn beschenken zu können.

Vorsätzc. Ich schwöre mir, ihn in Zukunft nie mehr so weit aus den Augen zu verlieren, daß ich nicht auf Anhieb wüßte, was derzeit sein größter Wunsch ist. Ich schwöre, das passiert mir nicht noch einmal. Ich werde mir ab sofort die Zeit nehmen, meine Versäumnisse nachzuholen, und mich mit ihm befassen, was könnte wichtiger sein, das ist mein voller Ernst. Aber es wird mir nichts nützen, wenn ich heute vor ihn hintreten muß, heute an seinem – wie sagt man? – Freudentag. Mit an Sicherheit grenzender Wahrscheinlichkeit werde ich der einzige sein, der kein Geschenk für ihn hat. Und ohne dies ist alles, was ich sage – Glückwünsche und gute Worte –, nur Gerede.

Ich hasse Geschenke. Es kommt mir vor, als hätte ich sie immer schon gehaßt, obwohl ich weiß, daß es einmal anders war. Die Tatsache, daß sie eingepackt sind, um aller Welt mit ihrem geblümten Papier und ondulierten Geschenkbändern schon von weitem zuzurufen: Überraschung! Die Zeremonie des Auspackens: Löst man mit spitzen Fingernägeln jeden Klebestreifen einzeln und streicht das Geschenkpapier dann glatt zum späteren Gebrauch oder reißt man es voller Ungeduld in Stücke? Die Aussage dessen, was vor einem liegt, die unvermeidlichen Krawatten, Füllfederhalter, Lederetuis, die allesamt von sich behaupten: Schau, das paßt zu dir, dieses hat dir noch gefehlt, jenes wird dir Freude machen! Und es stimmt nicht, es stimmt einfach nicht, möchte man protestieren. Aber man darf niemandem böse sein, schließlich wurde an einen gedacht. Man kann sich gar nicht genug dafür bedanken. Auch wenn dieser Geschenkgedanke nicht mehr war als ein kalendarischer Reflex, der auf einer schon fast verblichenen Eintragung beruhte. Man dankt und registriert eine weitere Verpflichtung.

Vielleicht sollte man das Schenken ab einem gewissen Alter schlichtweg einstellen. Was ich brauche, kaufe ich mir selbst, und wenn ich mich überhaupt freue, dann darüber, daß ich es mir selber kaufen kann. Das ist mein Verständnis von Erwachsensein. In gewisser Weise bin ich froh, einen Zustand erreicht zu haben, in dem man mir nichts mehr schenken kann. Wunschlosigkeit.

Ich kann mich nicht mehr erinnern, wie ich mir etwas von meinem Vater gewünscht habe. Ich weiß, daß es so war, aber ich habe nicht die geringste Ahnung, wie es sich angefühlt hat. Ging es mir nur darum, auf diesem Wege zu bekommen, was ich mir selber nicht leisten konnte, oder war es mir wichtig, daß er mir diesen Wunsch erfüllt? Ich weiß es nicht mehr. Ich erinnere mich nur an meine unermüdlichen Versuche, ihm meine Wünsche auf verschlüsselte

Weise zu signalisieren, nicht fordernd, das hätte nur das Gegenteil bewirkt, sondern in vagen Andeutungen, so als wäre mir selbst dieser Wunsch noch gar nicht bewußt. Ich erinnere mich, daß ich mich gefreut habe, damals, auch wenn ich nicht mehr weiß, worüber. Ich habe mich gefreut und gleichzeitig versucht, diese Freude vor ihm zu verbergen, genauso wie ich ihm meine Bestürzung nicht zeigen wollte, wenn es nichts gab. Ich hatte mir vorgenommen, tapfer zu sein, auch in der Freude, schließlich war darauf kein Verlaß. Obwohl es mir immer leichter fiel, enttäuscht zu werden, als dankbar zu sein. Ich fühlte mich erwachsener dann. Erwachsenwerden, das bedeutete für mich, sich eine Art anzueignen, auf Enttäuschungen stolz zu sein.

Ich bin sehr froh, daß es die Anhalterin auf dem Sitz neben mir nicht gibt. Es reicht nicht aus, ein anderer zu sein, um die Wahrheit zu sagen. Es reicht nicht aus, zu lügen und zu lügen, damit man sie endlich über die Lippen bringt. Es ist entscheidend, daß die Frau, die neben mir sitzen könnte während dieser Fahrt, den Wagen nie wieder verläßt. An diesem Punkt, an den wir jetzt gekommen wären, wollte ich nie sein. Ich stelle das Radio leiser. Es wäre schön, wenn sie jetzt die Augen schließt.

Ich möchte nicht, daß sie mich ansieht, wenn ich sage, ich will nie wieder Kind sein. Wenn ich zurückdenke, sehe ich mich als kleinen Erwachsenen durchs Leben gehen. Um ehrlich zu sein, ich wüßte nicht, was Kinder anderes sind. Erwachsene ohne die Mittel von Erwachsenen. Ich bin froh, das hinter mir zu haben. Es ist nach wie vor mein unerschütterlicher Optimismus, daß ich ein und denselben Tag nicht zweimal erleben muß. Die Zeit läuft immer nur in eine Richtung: ab. Was vorbei ist, ist vorbei. Soweit meine Art von Nostalgie, eine tiefe Dankbarkeit dafür, daß das Gewesene nicht wiederkommt. Vielleicht ist es mir deshalb so unmöglich, ein guter Vater zu sein.

Es hat nichts damit zu tun, daß er mich an meine Kindheit erinnert. Ich erinnere mich, so gesehen, an kaum etwas. Vielleicht daran, daß meine Lieblingszahl Fünf war, bevor ich zur Schule kam. Ich hatte einen Lieblingsbecher, milchweiß, mit einer bauchigen, gelben Fünf auf beiden Seiten. Aber daran erinnert er mich nicht, das würde es nicht so schwer machen. Es ist, als müßte ich mit ihm zusammen noch einmal erwachsen werden und mich ein zweites Mal erziehen. Verdoppelte Kindheit. All die Notwendigkeiten, Abhärtungen, Dressurakte, das Lernen, Strafen und Verzichten wieder von vorn, noch einmal von klein auf die ganze Lebenstapferkeit. Merkwürdigerweise habe ich Angst, ich könnte es nicht schaffen – sollte es beim zweiten Mal nicht leichter sein? Aber gerade dafür habe ich nicht die Kraft.

Mag sein, daß es die letzte Nacht ist, die Mischung aus Kirsch und Himbeergeist, die betrunkene Stewardeß mit ihrem kleinen, zierlichen Körper und meine Angst, von ihr berührt zu werden. All das geht mir nach. Ich würde sagen – solange sie die Augen fest geschlossen hält –, daß es mir leid tut, daß er mir leid tut, daß meine vorherrschende

Empfindung für ihn von jeher Mitleid ist. Mitleid im eigentlichen Sinne. Ich bedaure ihn nicht, wie ich vielleicht einen alten Mann im Supermarkt bedaure, dem beim Griff ins Regal mit den Tütensuppen die Hände zittern. Es ist anders. Ich leide mit ihm, als wäre er ein Teil von mir oder ich ein Teil von ihm, es gibt dabei keine Außensicht. Wenn ich ihm etwas verbieten muß, verbiete ich es in gewisser Weise mir selbst. Ich empfinde den Zwang, das Müssen, ebenso stark wie er. Wenn ich ihn hinausschicke und ihm sage, er soll draußen auf der Straße spielen, ringe ich mit meiner eigenen Hilflosigkeit. Was soll er spielen und mit wem, ich weiß es selber nicht, ich kann nur hoffen, daß er mich nicht fragt. Es ist, als würden mir all diese Dinge ein zweites Mal abverlangt. Und dabei bin ich ratloser als je zuvor.

Ich bin mir nicht einmal sicher, ob ich ihn liebe – nicht, daß es jemals die Frage gewesen wäre, man fragt sich nicht, ob man seine Kinder liebt, und wird es nicht gefragt, Selbstverständlichkeiten. Besser, man dringt in diese Bereiche nicht vor, schließlich geht es hier nicht um Gefühle, es geht um Instinkte, unbefragbare Natur. Aber ich bin mir nicht sicher. Ich weiß nicht, ob ich ihn liebe, ich weiß nur, daß ich durch Mitleid mit ihm verbunden bin. Möglich, daß diese Bindung sogar stärker ist. Liebe verlangt mehr Gegenseitigkeit, Geben und Nehmen. Ich will im Grunde nichts von ihm. Alles, was ich möchte, ist, daß er so wenig wie möglich leidet. Mein Wunsch wäre, ihm nicht weh tun zu müssen, ihm und mir. Aber irgendwie ist das alles nicht lebbar. Ich schätze, ich bin in Gedanken, die man nur denken kann, wenn man gut zweihundert Kilometer voneinander entfernt ist.

Ich sollte Geige lernen. Das war in unserer Familie so üblich. Mein Vater bestand darauf, nichts konnte ihn davon abbringen. Aber es gelang mir immer wieder, den Beginn meines Geigenunterrichts hinauszuzögern. Mal brach ich mir den Arm, mal steckte ich mich mit bisher ausgebliebenen Kinderkrankheiten an oder ließ in der Schule so sehr nach, daß andere Strafen Vorrang hatten. Doch irgendwann war der Zeitpunkt gekommen, an dem es keinen weiteren Aufschub mehr gab. Ich sägte mehrere Wochen auf diesem krächzenden Instrument herum und litt dabei wie an Zahnschmerzen. Es wurde nicht besser. Schließlich erklärte der Geigenlehrer meinem Vater, ich sei zu alt. Geige könne man nur lernen, solange das Gehör noch nicht vollständig ausgeprägt sei. Sobald sich aber die Musikalität eines Schülers bereits eigenständig entwickelt habe, übersteige das Lernen dieses Instruments die durchschnittliche Leidensfähigkeit eines Menschen. Gut möglich, daß dies nur eine Ausrede war, um mich als den Unberufensten aller Schüler schleunigst wieder loszuwerden. Doch mir zumindest leuchtete das ein: Ich hätte das Hören noch einmal verlernen müssen, um es schrittweise mit meinem Geigenspiel wieder beigebracht zu bekommen, was gerade in den Anfängen eine Unempfindlichkeit voraussetzte, die ich bereits verloren hatte. Und auch wenn dies die hanebüchenste Erklärung ist, die je von einem Geigenhasser vorgebracht wurde, es ist genau das: Ich kann zu wenig vergessen, was ich schon gelebt und hinter mich gebracht habe, um noch einmal aufs neue mit allem zurechtzukommen.

Ich bin zu alt für eine zweite Kindheit und zu jung. Zu alt ist meine Ungeduld, wenn ich mit ihm durch die Stadt gehe, der wachsende Widerwille gegen sein Bummelantentum. Er bleibt vor Schaufenstern stehen, ohne sich für die Auslagen ernsthaft zu interessieren, geschweige denn, etwas kaufen zu wollen. Er läßt sich schon allein davon einfangen, daß sich die Dinge dem Betrachter so präsentieren, als bräuchte er sie. Je abstruser die Ware, desto mehr gerät er über deren mögliche Verwendung ins Träumen. Ich verstehe, daß man mit einem Kind an keiner Zoohandlung so ohne weiteres vorbeikommt, aber daß ich mit ihm eine halbe Stunde vor einem Sanitärfachgeschäft herumstehen muß, um über Badezimmer-Armaturen und wassersparende Spülvorrichtungen zu staunen, das will mir nicht in den Kopf.

Dabei könnte es mir eigentlich egal sein. Ich habe mir vorgenommen, den Sonntagvormittag mit ihm zu verbringen, draußen an der frischen Luft, warum also nicht vor einem Schaufenster Wurzeln schlagen, wenn es ihm Spaß macht? Aber sosehr ich auch versuche, Gelassenheit vorzutäuschen, es ist mein Zeitsinn, der dagegen rebelliert. Selbst wenn absolut nichts zu tun ist an diesem Tag und es keinen Grund gibt, auf die Uhr zu schauen – ich bringe es nicht fertig, meine Zeit so unbekümmert zu verschwenden. In einem fort gehen mir Sätze durch den Kopf, Erwachsenensätze, von denen ich nie geglaubt hätte, daß ich sie einmal denken würde, und alle wollen sie nur darauf hinaus, daß man seine Zeit nun wirklich sinnvoller verbringen kann – was ›sinnvoll‹ an einem Sonntagvormittag mit Kind bedeutet, bleibt dahingestellt. Ich merke, daß ich dringend etwas tun muß, irgend etwas Zielstrebiges, Zweckhaftes, auch wenn es vielleicht, unter sonntäglichen Gesichtspunkten, noch unsinniger ist als das gemeinsame Meditieren über Duschköpfe und Mischbatterien.

Seine Ausdauer im Träumen ist übermenschlich. Er steht wie gebannt vor diesem Schaufenster, während ich dezent von einem Fuß auf den anderen trete und Ausschau halte nach Krankenwagen, Feuerwehr, berittener Polizei, nach allem, was geeignet wäre, seine Aufmerksamkeit von den faltbaren Duschkabinen abzuziehen, die er seit einer Viertelstunde anstarrt. Warten auf einen Zwischenfall, damit wir endlich weitergehen können. Unterdessen vertreibe ich mir die Zeit mit der Suche nach einem Spruch oder Scherz, der sich nicht ganz wie die übliche Erwachsenenrüge anhört. Man kann seine Zeit sinnvoller verbringen, denke ich noch immer, versuche aber, diese papageienartige Ermahnung zu umgehen, ohne daß mir etwas Besseres einfällt. Inzwischen wäre es fast ehrlicher, ich rückte einfach damit raus.

Ich bin nicht bereit, mich auf sein Zeitempfinden einzulassen. Ich gestehe ihm nicht einmal zu, daß er ein eigenes Zeitgefühl hat. Insofern bin ich alt. Es gibt für mich nur eine Zeit, und darin, wie sich herausstellt, bewegt er sich nicht sicher. Auf einmal erscheint es mir unendlich mühsam, ihm beizubringen, daß Zeit etwas sehr Kostbares ist, meine Zeit und seine Zeit, von der er noch nichts weiß. Ich will das nicht alles noch einmal durchnehmen müssen.

Es ist das, was ich früher nie verstanden habe, wenn von mir verlangt wurde, ich solle mich gefälligst beherrschen. Der Ton solcher Äußerungen duldete keinen Widerspruch, aber irgendwie war es sehr verwirrend: Wie sollte das gehen, sich beherrschen? Wie konnte jemand herrschen und dabei zugleich der Beherrschte sein, Herrscher also und Beherrschter in einer Person? Niemand war gewillt, mir das zu erklären. Meine Eltern, meine Lehrer, alle meinten, ich wolle mich über sie lustig machen, doch ich verstand es wirklich nicht. Deswegen erfand ich den Zwerg. Wenn es hieß, ich solle mich beherrschen, war damit der Zwerg gemeint. Und mir war klar, daß ich ihn niederkämpfen mußte, so gut ich konnte. Der Zwerg durfte nie die Oberhand gewinnen, es kam darauf an, ihn klein und gefügig zu halten, was nicht immer einfach war, denn er hatte einen starken Willen. Am Ende jedoch siegte meistens ich. Von Mal zu Mal wurde es leichter, ihn zu bezwingen. Es war wie etwas, das ich sehr oft geübt hatte, es kostete mich bald keinerlei Anstrengung mehr. So wurde der Zwerg mit den Jahren immer schwächer und stiller, ich spürte ihn kaum noch. Fast war es, als hätte es ihn nie gegeben. Und ich habe schon sehr lange nicht mehr an ihn gedacht. Nur wenn ich den Kleinen vor einem Schaufenster stehen sehe an einem tatenlosen Sonntagvormittag, so ganz und gar aus der Welt genommen, durchzuckt es mich manchmal: Da ist er wieder.

Ich bin zu jung für eine zweite Kindheit, vielleicht ist es einfach noch nicht lange genug her, die Erinnerung an all die Kämpfe noch zu frisch. Nicht, daß ich weiter damit zu tun hätte. Ich komme zurecht. Gelegentlich spüre ich – wie aus einer anderen Zeit – Erschöpfung, das einzige, was davon geblieben ist. Mir droht keine Gefahr mehr. Aber einiges ist möglicherweise schlecht verheilt. Stellen, an denen ich nie wieder berührt werden möchte und auch nicht berührt werde, soweit ich es vermeiden kann. Und als Erwachsener kann ich es vermeiden, ich habe jetzt die Macht dazu.

Nur, wenn man mich jetzt vor die Wahl stellen würde – ich weiß, daß es eine solche Entscheidung nicht gibt, nicht geben kann –, aber wenn man mich vor die Wahl stellen würde, ein zweites Mal erwachsen zu werden, die Antwort wäre nein. Nicht, daß ich es vorziehen würde, Kind zu bleiben. Im Gegenteil. Ich bin heilfroh, kein Kind mehr sein zu müssen. Es ist sehr angenehm, das hinter sich zu haben und gelegentlich darauf zurückzublicken. Aber den Weg bis hierhin noch einmal gehen – nein, ausgeschlossen.

Ich sehe ihn vor dem Schaufenster stehen, sein Spiegelbild in der Scheibe, eine blasse, fast durchsichtige Reflexion, daneben mein aufragender Schatten. Ich müßte ihn jetzt zwingen, aus seiner Traumwelt zurückzukehren, weiterzugehen, mit einem Hinweis auf die Zeit und das, was wir uns vorgenommen haben, obwohl Sonntagvormittag ist und alles auch anders sein könnte, folglich nur aus Prinzip so bleiben sollte wie geplant. Ich müßte ihn freundlich daran erinnern, ohne mir meine Ungeduld anmerken zu lassen, die richtigen Worte finden, ihn ermuntern, nicht gängeln. Vielleicht sollte ich seine Hand, die er in meiner vergessen hat, fester umschließen, in der Hoffnung, daß er sich nicht dagegen wehrt, wenn ich ihn weiterziehe, was wiederum bedeuten würde, daß ich ihm noch mehr zureden müßte, eindringlicher, je nach Tonart sogar mit ihm schimpfen, bevor ich schlimmstenfalls mit Gewalt versuche, ihn fortzuzerren, und damit Gefahr laufe, daß er sich vollends sperrt und nicht einmal mehr die Füße voreinander setzt, sondern sich demonstrativ von mir über das Pflaster schleifen läßt, was auch keine Lösung ist. Da ist es dann schon besser, seine Hand von vornherein loszulassen, in die Knie zu gehen und ihn auf gleicher Augenhöhe anzusprechen, sachlich, ein paar vernünftige Worte, daß man jetzt also weitergehen wird, um diese Ankündigung prompt in die Tat umzusetzen, loszumarschieren wie zum Exempel, damit er begreift, daß man es ernst meint, und aus eigener Einsicht mitkommt – im Idealfall. Was aber, wenn nicht? Angenommen, er rührt sich nicht, macht keinerlei Anstalten, bringt man es fertig, ihn vor dem Schaufenster stehenzulassen – wie heißt es noch? –, mutterseelenallein, winkt man ihm vielleicht zu allem Überfluß, sagt tschüs und auf Wiedersehen, um ihm einen falschen Abschied vorzuspielen, der ihn schon einmal spüren läßt, wie einsam und verlassen er sich fühlen wird, wenn er nicht tut, was man von ihm verlangt, riskiert also bittere Tränen, indem man seine ganze Überlegenheit ausspielt, das Recht des Stärkeren: Ich kann auch ohne dich, vergiß das nicht, du brauchst mich mehr, als ich dich brauche, du hängst von mir ab und nicht umgekehrt!

– Ich bin zu jung dafür, ich kann das nicht, sympathisiere viel zu sehr mit ihm, mit seiner Saumseligkeit, dem Eigensinn und Trotz, all dem, was ich ihm abgewöhnen, aberziehen müßte, wie ich es mir selber aberzogen habe, so lange ist das noch nicht her, ich will es nicht, will es dem Zwerg kein zweites Mal antun, ihn nicht noch einmal zurechtquälen, bis er paßt und sich vor lauter Selbstbeherrschung nicht mehr spürt. Nein, lieber bleibe ich bis in die Nacht vor irgendwelchen Schaufenstern stehen und halte seine Hand.

Aber es ist natürlich eine Illusion. Es scheint nur so, als könnte ich ihm das Erwachsenwerden ersparen oder wenigstens einen Aufschub verschaffen für kurze Zeit, ein bißchen Schonung, Wiedergutmachung für die Härten, Strafen, Grausamkeiten auf dem Buckel des Zwerges. Eine Illusion natürlich. Ich weiß sehr wohl, daß es damals für mich Notwendigkeit war, damals gab es keinen anderen Ausweg, nur die Flucht nach vorn in das Erwachsensein, das Abbrechen aller Brücken hinter mir, auch wenn es jetzt, nachdem das ausgestanden ist, so aussieht, als könnte ich verhindern, daß sich an ihm genau das wiederholt. Aber ich kann es nicht. Ich habe nicht die Wahl und er schon gar nicht. Er muß erwachsen werden um seinetwillen, mit derselben eisernen Notwendigkeit, denselben Ängsten – auch wenn keineswegs gesagt ist, ob er dabei nicht mehr verliert, als er gewinnt. Ich kann ihn nicht schützen, seine Zartheit und Verletzlichkeit auf Dauer bewahren. Im Gegenteil. Je leichter ich es ihm machen will, desto schwerer mache ich es ihm vielleicht. Gut möglich, daß ich längst das Vatergespenst bin, vor dem er, ohne sich umzuschauen, in das Erwachsensein flieht.

Wir waren schon lange nicht mehr spazieren, er und ich. Ich habe gerade die Sonntagvormittage immer besonders gescheut.

Bevor sie die Augen öffnet, ein letzter Satz: Ich wollte das nicht sagen, ich werde es nie gesagt haben. Es geht niemanden etwas an, auch sie nicht, die Anhalterin, die ich mitgenommen haben könnte, für wen auch immer sie mich halten mag. Aber ich kann es nicht zurücknehmen, und da es nun einmal gesagt worden wäre, ist klar, daß sie das Innere dieses Wagens niemals verlassen wird. Und ich bin froh, sehr froh, daß sie in diesem Moment da und nicht da ist. Ich weiß nicht, was ich tun würde, wenn ich jetzt allein wäre, allein mit ihr oder allein mit der Autostille um mich herum.

Ich suche noch immer nach einem Geschenk. Ich zermartere mir das Hirn in der Hoffnung, daß mir vielleicht doch noch einfällt, was er sich von mir verspricht an einem Tag wie diesem, etwas, an das er gedacht haben könnte, wenn er an mich denkt. ›Nichts‹ wäre das schlimmste Resultat. An seinem letzten Geburtstag bin ich kurz vor dem Ziel umgekehrt, keine fünfzig Kilometer von zu Hause entfernt. Ich wollte ihm so nicht unter die Augen treten. Höchste Zeit für einen Wunsch.

Es sind die letzten fünfzig Kilometer, vor denen mir am meisten graut. Je näher das Ziel, desto weniger kann ich mich darüber hinwegtäuschen, daß ich auch diesmal nicht ankommen werde. Immer spürbarer meine Unfähigkeit, Menschen so zu begegnen, wie ich es mir vorgenommen habe, so zu sein, wie ich eigentlich für sie empfinde. Je näher man einander kommt, desto unklarer die Gefühle. Alles vermischt sich, das Wichtige mit dem Unwichtigen, das Schwere mit dem Leichten. Gewolltes, Ungewolltes, Verstandenes und Mißverständnisse gehen durcheinander. Und auf einmal kann man die Bedeutung eines Menschen vor lauter Nähe nicht mehr erkennen. Man sieht in seiner Gegenwart nur noch die Enge.

Ich bin außerstande, nach Hause zu kommen. Immer fahre ich in die falsche Richtung, in ihrer Nähe entferne ich mich, in der Ferne fühle ich mich ihnen nah. Es ist wie vor anderthalb Jahren, als sie sich an mich schmiegte im Schlaf wie an jemanden, der immer da war, meine Frau und doch nicht meine Frau, während der Kleine im Zimmer nebenan sein Schweigen weiterträumte, um mit derselben Verschlossenheit im Gesicht am nächsten Morgen wieder aufzuwachen. Mit jedem Kilometer, den ich ihnen näherkomme, denke ich an Flucht und rase im Gedanken schon dieselbe Strecke zurück. Noch hundertfünfzig Kilometer, grob geschätzt.

Ich hatte mit allem gerechnet, nur nicht damit, daß mich die Entdeckung ihres Betrugs eher beruhigt. Es erschien mir wie eine Bestätigung, wie etwas, auf das ich lange gewartet hatte. Ich war noch immer ein Fremder in den eigenen vier Wänden, vielleicht sogar mehr denn je, aber mir kam auf einmal alles sehr viel vertrauter vor. Ich hatte den Raum meiner Erwartungen betreten. Die Dinge machten wieder einen Sinn, das Unverwandte dieser Wohnung, der leise Verrat der Kleinigkeiten, die ganz allmählich angefangen hatten, mir nicht mehr zu gehören, meine Spurlosigkeit. Ich war ein Fremder in den eigenen vier Wänden, aber ich kannte mich wieder aus, in ihrem Betrug war ich zu Hause.

Als hätte ich es immer schon gewußt. Es war nicht ihre Untreue, die mir zu schaffen machte. Ich stellte mir nicht vor, wie ein anderer Mann sie berührte, wie sie sich ihm hingab. Die Vorstellung, daß sie mit ihm über ganz alltägliche Dinge redete und lachte, tat mir mehr weh als der Gedanke, daß sie mit ihm schlief. Wenn es sich um eine Affäre gehandelt hätte, Leidenschaft und dergleichen, wäre es bedeutungslos gewesen. Daß sie sich heimlich trafen, daß sie zusammen in Hotelzimmern abstiegen, kurze, hektische Nächte miteinander verbrachten, aus denen sie noch vor Morgengrauen wieder in getrennte Wohnungen zurückkehrten, jeder in seine Einsamkeit – das alles war nicht meine Angst. Aber es war auch nicht das, was mir ihr Schlaf verraten hatte. In ihrem Schlaf gab es jemanden, der immer bei ihr war. Sie war ihn gewohnt. Er gehörte wirklich hierher, neben sie, wo ich nur vorübergehend lag. Er war ein Teil ihres Lebens, wie ich es nie sein konnte.

Als hätte ich immer schon gewußt, daß ein anderer mein Leben leben könnte. Die Gewißheit von jeher, daß ich es nicht bin, nicht derjenige sein kann, der all die mensch-

113

lichen Leerstellen einer Familie ausfüllt. Vielleicht war das der unausgesprochene Grund meiner Neugier auf ihr Leben ohne mich. Ich war nicht eifersüchtig auf meine Frau, sondern auf das Leben, das ich mit ihr hätte leben können, wenn ich nicht ich gewesen wäre, und das nun ein anderer Mann mit ihr lebte, wie an meiner Statt, nur eben ein Fremder, nicht ich.

Möglich, daß vor allem dies der Schmerz ist: begreifen zu müssen, was ich alles nicht bin, vor Augen geführt zu bekommen, was ich nicht sein kann und niemals sein werde. Möglich, daß ich diesen Schmerz mein Leben lang mit verblüffendem Eifer gesucht habe, daß meine Neugier nichts anderes war als eine fiebrige Erwartung entlang einer Grenze, die durch mich hindurchgeht: die Neugier auf das Leben ohne mich, der gute alte Wunsch aus Kindertagen, bei meinem eigenen Begräbnis Zuschauer zu sein.

Ich bin zufrieden. Gelegentlich wundere ich mich ein wenig über die heitere Leere in mir, aber ich bin zufrieden. Keine Fragen, keine Eifersucht. Viel eher das Gefühl, am Ziel zu sein. Als wäre ich von weither ausgeschickt worden, um diese Erfahrung zu machen, und jetzt ist sie da. Ohne Zorn kann ich feststellen, daß ich alles dafür getan habe, um systematisch um mein Leben betrogen zu werden. Ich vermisse es fast gar nicht. Es ist nur so ein Gedanke, eine ganz entfernte, verlorengegangene Möglichkeit. Vielleicht war das einzig Unverwechselbare an mir vor langer Zeit einmal der Zwerg – und die Entschlossenheit, mit der ich ihn bis zur Unkenntlichkeit geschunden habe. Armer Zwerg. Jetzt, nachdem er mein Opfer geworden ist, fange ich beinahe an, ihn zu mögen. Im nachhinein. Ich muß sogar ein bißchen lächeln, wenn ich mich an ihn erinnere – seinen Eigensinn – und denke noch im selben Augenblick, es könnte auch das Lächeln eines anderen sein. Einhundertdreiundvierzig Kilometer steht auf einem Schild. Ich habe mich nicht verschätzt.

Über jeden Menschen gibt es einen Satz, der ihn zerstört – damit meinte ich nicht in erster Linie mich selbst. Ich halte allerhand aus, wohl oder übel, doch meistens eher wohl als übel, das habe ich mir so beigebracht. In solchen Momenten bin ich froh, daß es den Zwerg nicht mehr gibt. Er war zu verletzlich, und was ich ihm angetan habe im Namen der Selbstdisziplin, war nicht nur Strafe, sondern auch Schutz. Er wäre an zu vielen Dingen zerbrochen. Eine gewisse Genugtuung liegt darin, allen Umständen, Menschen, Ereignissen zuvorgekommen zu sein und ihn selber unempfindlich gemacht zu haben. Ich löse den Blick nicht von der Fahrbahn, auch wenn ich jetzt aufschauen könnte, um der Anhalterin neben mir mit einem Lächeln zu beweisen, wie wenig mir das ausmacht. Für dieses Lächeln mußte der Zwerg sterben, ich will nur, daß sie das für den Rest der Strecke weiß.

Ich spürte sie nicht mehr, als ich am nächsten Morgen aufwachte. Sie hatte sich die ganze Nacht an mich geschmiegt, an ihn, der sonst immer neben ihr lag. Ihr Schlaf machte keinen Unterschied zwischen ihm und mir. Jetzt war sie verschwunden. Ihre Bettdecke lag zerwühlt an der Seite wie ein in sich verdrehter Leib. Ende einer zärtlichen Verwechslung. Ich war ein anderer gewesen für die Dauer jener Nacht, der Mann meiner Frau, doch das war vorbei. Sicherlich wußte sie nichts mehr davon.

Das Klappern von Tellern und Besteck, während sie Frühstück macht. Ihre Schritte zwischen Eßzimmer und Küche, tonlose Erschütterungen, in ihrem Gang noch immer das Gewicht des Schlafs. Gleich wird sie den Kleinen wecken und ihn zurückholen in ihre Welt. Katzenwäsche, Kleiderwechsel. Die übliche Frage, wie er geschlafen, was er geträumt hat. Ein Versuch, wieder Anschluß zu finden, nachdem er die Nacht über tapfer in der Abgeschiedenheit seines Zimmers ausgehalten und seine Ängste mit sich ausgemacht hat. Es war ein langer Kampf, bis er es endlich fertigbrachte, alleine zu schlafen, beistandslos. Zuviel kroch in der Dunkelheit an ihm herauf. Immer wieder stand er nachts im Wohnzimmer, völlig verstört von seinen eigenen Träumen, immer wieder wurde er mit guten Worten ins Dunkle zurückgeschickt. Irgendwann muß er es ja einmal lernen, bestätigten wir uns. Man lernt solange alleine schlafen, bis man die Nähe, Wärme eines anderen im Schlaf nicht mehr erträgt. Gute Schüler vergessen nie.

Seine Stimme klingt belegt, ein wenig quengelig. Ich höre, wie sie mit ihm flüstert, ihn ermahnt. Vielleicht möchte sie Rücksicht nehmen auf den Mann, an den sie sich im Schlaf geklammert hat. Vielleicht ist es auch nur eine Art, ihren Worten Schärfe zu verleihen, ohne zu schimpfen am frühen Morgen. Ein längst vergessenes Gefühl von Heimlichkeit, als würde ich hören, was nicht für meine Ohren bestimmt ist. Ich liege ausgestreckt auf dem Bett und starre an die Decke. Wie jeden Morgen, denke ich, Geräusche wie jeden Morgen um diese Zeit, nur daß ich nicht da bin und hier ein anderer liegt. Was ich höre, höre ich mit seinen Ohren.

Ich stehe auf und setze mich an den Frühstückstisch. Der Kleine beugt sich über eine Schüssel Cornflakes, vollauf damit beschäftigt, einen Löffel nach dem anderen in sich hineinzuschaufeln und dabei die buntbedruckte Rückseite der Schachtel zu studieren. Er hält kurz inne, den Löffel auf halbem Weg zum Mund geführt, und schaut mich an. Ich verstehe. Ich gehöre eigentlich nicht hierher, erhebe keinerlei Gebietsansprüche, sage nichts – oder was würde der andere an meiner Stelle tun? Offenbar gelingt es mir weitgehend, Alltag vorzutäuschen. Der Kleine läßt sich nicht weiter stören und widmet sich wieder der barrikadenartigen Cornflakes-Schachtel auf dem Tisch. Ich sehe bald nur noch seinen wippenden Schopf.

Sie kommt aus der Küche, ein wenig überrascht, als sie sieht, daß ich schon aufgestanden bin. Also schläft er immer noch ein bißchen länger und läßt sich von ihr bitten, wenn es soweit ist. Zwei Frühstückseier mit Warmhaltekapuzen. Eines davon stellt sie behutsam vor mich hin und lächelt, als wäre es exakt das Dreieinhalb-Minuten-Ei, wachsweich und eiskalt abgeschreckt, wie ich es wünsche. Dabei habe ich seit Jahren kein Ei mehr zum Frühstück gegessen. Was beweist, wie lange ich im Grunde schon alleine lebe. Kein Mensch kocht ein einzelnes Ei. Bei allem Appetit. Jedenfalls kann ich mir kaum etwas Deprimierenderes vorstellen, als frühmorgens ein einzelnes Ei vor sich hin kochen zu sehen. Deutlicher kann man sich die eigene Einsamkeit nicht vor Augen führen. Ich starre das Kapuzenei auf meinem Teller an, als wäre es mein größtes Problem.

Noch immer dieses wissende Lächeln, während sie sich neben mich setzt und ihren Stuhl zurechtrückt. Ihr kimonoähnlicher Bademantel – von dem ich nicht beschwören kann, ob es noch derselbe ist, den ich ihr einmal geschenkt habe – klafft auf über ihrer Brust. Der Spitzenrand ihres Unterkleids kommt zum Vorschein, ihre glatte Haut, ihr Hals. Ob der andere es bemerkt? Sicher weiß sie, daß sie ihm so gefällt und wie sich sein Blick anfühlt, wenn er auf ihr ruht. Ich wage kaum, sie anzusehen.

Ein reichlich gedeckter Frühstückstisch. Der andere ist ganz ohne Frage hungrig, bedient sich, läßt es sich schmekken. Während er schon kaut, beugt sie sich zu ihm herüber und gießt ihm Kaffee ein. Der Duft ihres Haars, der süße Schweiß des Schlafs in ihrem Nacken und eine Spur von nächtlichem Parfüm. Er nimmt es zur Kenntnis wie üblich, mich aber macht ihre Nähe verlegen, als begegneten wir uns zum ersten Mal. Sie war mir sofort aufgefallen, damals auf der Hochzeit eines gemeinsamen Bekannten, ein Blick genügte, und sie ging mir nicht mehr aus dem Kopf, eine Frau wie eine Idee, aber ich hatte mich nicht in sie verliebt. Ich wußte, ich würde mich solange nicht in sie verlieben, bis ich einen Makel an ihr gefunden hatte, so klein er auch sein mochte. Nur deshalb folgte ich ihr. Ich starrte auf ihre Fersen, wenn sie ging, besah ihre Waden, Kniekehlen. Eine Krampfader hätte mir Mut gemacht. Ich hoffte darauf, sie bei einer Ungeschicklichkeit zu ertappen, während sie am Büffet stand, aß und trank. Sie trug ein ärmelloses Kleid, was mir die Möglichkeit gab, nach Muttermalen, Leberflecken, Narben und dergleichen Ausschau zu halten, aber ich entdeckte nichts, was als Makel hätte gelten können. Ich wollte die Suche schon aufgeben, als ich aus den Augenwinkeln sah, wie sie die Arme vor der Brust verschränkte, schlanke Arme durchaus, dennoch bildeten sich kurz vor der Armbeuge Furchen im Fleisch, Rillenwulste wie bei einem Säugling mit allerhand Babyspeck. Diese Querlinien würde sie zeit ihres Lebens behalten. Ich hatte die Stelle gefunden, an der sie am wirklichsten war.

»Falls du Sahne möchtest oder so etwas …«, sie redet mit mir, ich schüttele den Kopf. Er trinkt seinen Kaffee schwarz. Keine Umstände meinetwegen. Ich erinnere mich, daß sie früher auch Milch genommen hat. Wie lange ist das her. Stirnrunzelnd führt sie die Tasse zum Mund und pustet, mit einem Ausdruck höchster Konzentration, kleine Kaffeewellen über die Oberfläche. Ihr Gesicht glättet sich langsam nach dem ersten vorsichtigen Schluck, doch eine kleine Zornesfalte zwischen ihren Brauen bleibt. Sie ist es noch immer. Dieselbe Frau.

Es ist Zeit zu gehen. Ich weiß nicht mehr, wo ich hinschauen soll, weiß nicht mehr, was denken. Soll ich mir wünschen, daß der andere sie wie ich für ihre Makel liebt, soll ich mir wünschen, der einzige gewesen zu sein? Noch einmal ihren Arm berühren, den Geruch ihres Nackens riechen, noch einmal haben, was mir nie gehört hat. Wo ich auch hinschaue, sehe ich, phantasiere ich ihre Haut, ihren viel zu schönen Körper. Überall spüre ich sie wie etwas, das sich rasend schnell in Erinnerung verflüchtigen wird, falls ich es nicht augenblicklich festhalte. So hat sie noch niemand begehrt. Es ist höchste Zeit zu gehen.

Es ist der Abschied – ich sollte mich besser kennen –, es ist der Abschied, der all das Gewesene noch einmal in einem Augenblick heraufbeschwört wie zu einer letzten Gegenwart, einem Moment von trügerischer Nähe. In Wirklichkeit ist alles längst vorbei. Mein Begehren ist ein Vermissen und deswegen so heftig. Es geht mir nicht darum, sie zu besitzen, ich will sie nicht verlieren, daher die Leidenschaftlichkeit. Wie läppisch erscheint der Drang nach Eroberung gegen die Angst vor dem Verlust, besonders dann, wenn man einander schon verloren hat und sich nur noch weigert, das Endgültige einzusehen. Doch diese Weigerung ist von überwältigender Kraft und nur um so heftiger, je aussichtsloser die Lage. Nichts ist der Liebe so verwandt wie der Wunsch, die Wirklichkeit zu leugnen, um sich ein neues Leben zu lügen. Nichts befähigt zu größerer Zärtlichkeit als das Gefühl, es könnte zu spät sein. Leiser, sehnsüchtiger ist keine Berührung als von der Hand der Resignation. Der Abschied trägt eine Ferne in alles hinein. Es ist nur der Abschied, der die Nähe wie eine Möglichkeit erscheinen läßt.

Und wenn ich trotz allem bliebe? Wenn ich ganz einfach nicht mehr von hier weggehen würde? Aber auch dieser Gedanke ist dem Abschied geschuldet, ein alter Vertrauter, ich kenne ihn längst. Er gehört zum Abschiednehmen dazu wie das Winken mit einem Taschentuch, das nicht nur ›Auf Wiedersehen‹ bedeutet, sondern vor allem den Wunsch verrät, sich noch so lange wie möglich zu sehen, hier und jetzt, aus der stets größer werdenden Entfernung und in der beginnenden Erinnerung an diesen letzten gemeinsamen Augenblick, so als wüßten beide Seiten nur zu gut, daß eben das Wiedersehen, das sie im Winken so eifrig beschwören, niemals Wirklichkeit werden wird. Ich denke daran zu bleiben, wie ich es schon oft gedacht habe am äußersten Rand des Abschieds, an dem man bereits füreinander verschwimmt und schließlich ganz zu verschwinden droht. Geblieben bin ich nie.

Es sind die Irrtümer, an die ich mich klammere, mehr als an alles andere, um das Anheimfallen meines Lebens zu verhindern. Ich habe meine Irrtümer immer am meisten geliebt. Vielleicht wollte ich nur recht behalten mit dieser Frau und stärker sein als die Umstände, stärker, als ich es bin. Ich habe mich getäuscht. Was an meinen Gefühlen für sie nichts ändert. Sie ist es immer noch, dieselbe Frau, die mir nicht aus dem Kopf geht, alles überdauernd wie eine Idee, schön wie ein Irrtum. Dieser Abschied macht uns unzertrennlich, er schneidet mitten durch mich hindurch.

Aber der andere. Es ist längst nicht mehr mein Platz, an dem ich hier sitze, nichts deutet auf mich hin. Ich starre auf den mit Absurditäten beladenen Teller vor mir, ich weiß, daß er Appetit hat, man erwartet von ihm, daß er dies alles verspeist mit unverkennbarem Genuß, ich kriege keinen Bissen hinunter. Schon allein der Gedanke erregt Übelkeit. Beim Blick auf seinen schwarzen Kaffee krampft sich mein Magen zusammen. Lähmendes Unwohlsein. Ich bin außerstande, mich zu rühren, beinahe so, als würde ich in einer fremden Haut stecken, die sich langsam um mich zusammenzieht und bei Zuwiderhandlung reißt. Es geht nicht. Ich will etwas sagen, eine Erklärung, ein Wort der Entschuldigung, aber es kommt nur Gemurmel über meine Lippen, ich verstehe selbst nicht, was es meint, nur daß es den anderen nicht aus dem Schlaf stören will.

Das Gefühl, daß ich es schon nicht mehr bin, der hier sitzt. Ich sehe, wie aus großer Entfernung, drei Menschen, um einen Tisch verteilt, jeder mit sich allein. Von allen dreien fühle ich mich am wenigsten dem zugehörig, der ich sein soll. Ich – wenn dieses Wort im Augenblick überhaupt eine reale Entsprechung hat, dann optisch in der Perspektive der Deckenlampe. Frühstück mit Draufsicht, so ist es mir noch immer in Erinnerung. Sechs Unterarme über dem Tischrund. Der Kleine hat den linken Ellbogen aufgestützt, verfolgt mit seinem Löffel in der Rechten aufgeweichte Cornflakes den Tellerrand entlang. Meine Frau faltet die Hände um ihre Kaffeetasse wie zu einer Morgenandacht – oder ist ihr kalt? Schräg gegenüber zwei dunkel behaarte Unterarme tatenlos, ich fühle mich nicht für sie verantwortlich.

Der Kleine legt seinen Löffel beiseite und streckt die Hand nach etwas aus, ich weiß nicht, was er will. Und selbst wenn ich es wüßte, ich glaube kaum, daß ein Gedanke von mir die Kraft hätte, irgend etwas auf dem Tisch dort unten in Bewegung zu setzen. Sie läßt die Kaffeetasse stehen und reicht ihm ein Glas mit Nußnougatcreme. Für einen Moment sieht es so aus, als würden sie einander nicht wieder loslassen wollen. Unterhalb seiner Armbeuge, die leicht einknickt, als er das Glas entgegennimmt, zeichnet sich eine Querfalte ab, ihre Linie in seiner Haut. Sie wird ihn sein Leben lang begleiten, und ich wünschte, ich wäre dabei.

Seine Stimme, sehr leise. Aus großer Entfernung auch sie. Mir kommt es vor, als hätte ich sie seit Jahren nicht gehört. Die vage Hoffnung, er könnte trotz allem mit mir sprechen. Vielleicht weiß er eine Lösung. Vielleicht läßt sich mit Kindermund einfach heraussagen, was mir so unendlich kompliziert erscheint. Ich sehe ihn an, entschlossen zu bleiben, um ihn davor zu bewahren, daß er sich selbst für die Weichheit und Verletzlichkeit seiner Armbeuge haßt. Er schaut mir direkt ins Gesicht – seine Stirn ist glatt wie von Schlaf – und sagt: »Tschüs, Philipp.« Das bin ich.

Für dich.

6

Christina.

Hendrik kommt aus dem Badezimmer. Er sieht erfrischt aus, beinahe strahlend mit seinem glatten, ebenmäßigen Gesicht, und er weiß das. Sein Bademantel ist zu einem exakten V gebunden, schwarzer, seidiger Stoff, der nichts von dem schwitzenden Wasserdampf seines Duschbads angenommen zu haben scheint. Natürlich hat Hendrik vor dem Spiegel gestanden und den Eindruck genau kalkuliert, den er bei mir machen wird. Ich weiß es, und er weiß, daß ich es weiß. Trotzdem ein leichtes Erröten, flüchtige Verlegenheit meinerseits, weil ich mir in all der Zeit nicht angewöhnen konnte und wollte, mich abends noch einmal zu schminken – nur für ihn, nur um seiner Abendtoilette Paroli zu bieten. Hendrik ist, was seine innere und äußere Verfassung angeht, absolut vorzeigbar. Er wäre jederzeit in der Lage, an die Tür zu gehen und Besuch zu empfangen, während ich schon erschrecke, wenn morgens der Postbote klingelt und mich aus dem Zustand des Verschwindens reißt, in dem ich mich zu Hause fühle. Irgendwie mag ich es, in den eigenen vier Wänden unterzutauchen, so als hätte ich gar keine Oberfläche. Ich habe mir nicht einmal die Mühe gemacht, mein Tagesmakeup wieder aufzufrischen. Zur Strafe fühle ich mich jetzt ziemlich ruinös.

Aber er läßt es mich nicht spüren. Hendrik beugt sich kurz zu mir herunter und schmiegt seine Wange an meine. So bleiben für einen Moment. Es ist unsere Art, gute Nacht zu sagen. Wir küssen uns nicht, wir deuten nicht einmal einen Kuß an, es ist nur diese Berührung, nur Glätte. Seine Haut ist überraschend kühl, metallisch. Ich halte den Atem an, als könnte ich mich an ihm schneiden. Und all das erzähle ich Lena nicht. Sie wird es nie erfahren. Es findet ohne sie statt.

Ob ich etwas lesen möchte? Hendrik schiebt sich neben mich unter die Bettdecke. Die Matratze gibt etwas nach unter seinem Gewicht, es entsteht ein leichtes Gefälle zu ihm hin. Wenn ich jetzt loslassen würde – es ist nur so ein Gedanke –, würde ich langsam in Hendrik hineinrollen und mit ihm in einer sanften Kuhle zum Liegen kommen. Ich schüttele den Kopf, nein, ich möchte nichts lesen, und ich möchte auch das Licht noch nicht löschen. Wenn ich mir etwas wünschen dürfte, wäre es – ich weiß nicht, wie ich es sagen soll –, daß dieser Abend noch nicht gleich zu Ende ist, sondern einfach immer weitergeht, ohne daß etwas passiert. So bleiben, denke ich, genau so bleiben. Wünsche darf man nicht aussprechen, sonst gehen sie nicht in Erfüllung.

Hendrik stopft sich sein Kissen in den Rücken und setzt sich neben mir auf. Er wird sich im Schlafzimmer umsehen, die vielen kleinen Verwüstungen bemerken, alles, was nicht mehr ganz so ist wie vorher, und mich dann verwundert fragen, ob jemand hier gewesen sei. Und vielleicht werde ich dann sagen, der Wind. Ich würde das sehr gerne sagen. Aber er bemerkt es nicht.

Unter der Bettdecke breitet sich langsam Hendriks Körperwärme aus, heißes Sandelholz, ich rieche es nicht, doch ich spüre seine spröde Süße auf der Haut. Wir beide nebeneinander. Ich wünschte, ich könnte ihn anschauen, um zu sehen, ob sein Gesicht noch immer so kühl ist. Seine glatte Wange. Ich hätte Lust, sie zu berühren. Es würde meine Hand erfrischen. Und ich könnte mir etwas von seiner Kühle ins Gesicht reiben, kalte Fingerspitzen auf die Augen legen und einen eisigen Handrücken auf die Stirn. Aber wie sieht man jemanden an, ohne ihn glauben zu machen, daß man etwas von ihm erwartet. Ich schaue weiter geradeaus.

Der Wind, sage ich, hör mal, es wird kaum jemand gut schlafen heute nacht, der Wind gibt so schnell keine Ruhe, ein wechselhafter, unberechenbarer Stadtwind, der um viele Ecken geht und sich nicht damit begnügt, die Straßen abzuklappern, er wird weiter rumoren bis in unsere Träume hinein. Aber das wage ich schon nicht mehr zu sagen, es würde Hendrik nicht gefallen, wenn ich ihm erklären wollte, daß es ein sehr gehetzter Nachtwind ist, der einen Schlaf ohne Ruhe bringt, Traumfetzen hereinweht und Bilder durcheinandertreibt, die nicht zusammengehören, Wechselgesichter mit sich führt, Traumtäuschereien und allerlei verwandlungsreichen Lärm. Nichts sage ich von seinem Fieberatem, der durch die Fensterritzen der Schlafzimmer bläst, Wirrnis und Wärme auf Kissen haucht und schwergewordene Köpfe hin und her rollen läßt in ihrem schweißverklebten Haar, sinnlos kreisende Träume, die sich drehen und wenden wie Wetterfahnen, während Nackenwirbel knirschen, Kiefer mahlen und Hälse sich strecken, verrenken, die Sehnen zum Zerreißen gespannt. Nichts davon, daß in dieser Nacht die Zeit nicht vergeht, daß sich Lücken auftun zwischen jetzt und jetzt, die auf keinem Zifferblatt verzeichnet sind, und kein Vorsatz, kein Gedanke so lange dauert, wie du hoffst, ja, selbst der Schlaf, wenn er zurückkommt, keine Zeit tilgt und die Anstrengung des Schlafens schwerer wiegt als das bißchen Nacht, das sie vertreibt, ehe die Windträume und Traumwinde noch einmal umschlagen mit der nahen Dämmerung, nach all den Wälzungen plötzlich sanfter gehen und dich hineinziehen in einen leichten, vergeßlichen Schlaf, von dem am nächsten Morgen nichts mehr übrig ist, nur eine unscheinbare weiße Salzkruste auf dem zerknitterten Kissenbezug. Kein Wort.

Hendrik liest. Ohne den Kopf zu bewegen, sehe ich aus den Augenwinkeln sein Profil, schräg über mir. Er sitzt viel aufrechter im Bett als ich, auch darin musterhaft. Ich wundere mich über das von einem Heftstreifen zusammengehaltene Manuskript, das wie eine Seminararbeit aussieht – was ist so wichtig daran, daß er sie sich jetzt noch vornimmt? Ich kann den Titel nicht erkennen, doch als er umblättert, sehe ich links auf der Seite gesperrt gedruckte Namen und rechts davon den Dialog, ein Theaterstück. Sibylle wird es ihm gegeben haben, als er sie zu ihrer Probe gebracht hat, und ich versuche, nicht daran zu denken, was das bedeuten soll, riskiere auch keinen Seitenblick, um festzustellen, ob er mißbilligt, was er liest, oder davon angetan ist, ich könnte auch nicht sagen, was mir lieber wäre, nein, ich denke nicht daran, der Wind, der Wind, im Gegenteil, ich sollte es viel mehr genießen, neben ihm im Bett zu sitzen, wie irgendein Paar, solange es dauert, im Warmen zusammensitzen und nichts voneinander wollen, einfach so. Das sind vielleicht die Momente, an die man sich später einmal erinnert, ein Kopfende teilen und woanders sein. Hendriks Abwesenheit wird mir fehlen, die Art, wie er bei mir und nicht bei mir ist.

Er wirkt sehr ernsthaft, aufgeräumt – alles aus den Augenwinkeln –, wie ein Sonntagsschüler, auch wenn ich noch nie einen gesehen habe, ›gelehrig‹ ist vielleicht das Wort. Ich habe mich daran gewöhnt, Seite an Seite mit ihm zu sein. Die Abendrasur, sein glattes Gesicht, der Sandelholzduft, den ich längst nicht mehr rieche, so sehr umgibt er mich. Ich würde ihm gerne etwas ins Ohr flüstern, irgendeine Bemerkung, eine Belanglosigkeit, und ihn damit zum Lachen bringen, nur um der Vertrautheit willen, die ich spüre, das gleiche finden, egal was, wie alte Freunde. Er würde mir nicht glauben, doch das ist alles, was ich will.

Aber der Wind. Ich will nicht daran denken, doch wir erleben alle dieselbe Nacht, auch wenn ich es Hendrik nicht sagen kann, er würde mich für verrückt erklären, ich denke nicht daran, ich schweige und denke an nichts, auch wenn es derselbe Wind ist wie damals, derselbe Lärm in der Luft, der Schläfer und Schlaflose ohne Unterschied in einer Nacht zusammentreibt, sämtliche Schlafzimmer der Stadt durchzieht wie die Waggons eines klapprigen Nachtzugs, der unruhig auf den Schienen rollt, schleift und schlingert, voll ungewollter Nachbarschaften, die Träume einer ganzen Stadt unterwegs in einem ratternden Schlafwagen ohne Halt. Wenn sie nur schon vorbei wäre, diese Windnacht, aber sie wird sich der Geschwindigkeit der Wünsche widersetzen, beharren, wo du Vergehen denkst, sie wird nicht einmal vorbei sein, wenn endlich der Morgen anbricht. Solch eine Nacht dauert noch den ganzen nächsten Tag, du spürst sie in allen Knochen, du trägst an ihrer Schwere bei jedem Schritt, so wie auch der Wind immer weiterphantasiert in deinem müden Kopf, Gedanken und Gefühle durcheinanderwirft, während draußen längst kein Lüftchen mehr geht und eine ganz andere Atemlosigkeit herrscht auf den Straßen, die Nervosität des Verkehrs, die Reizbarkeit von Menschen, die einander viel zu nah gewesen sind in dieser windgeeinten Nacht und die sich jetzt, am Abend dieses nachtgeplagten Tages, nichts sehnlicher wünschen als einen Abstand, eine Weite, einen beherzten Schritt aus der Menge: allein auf freiem Feld stehen, Atem holen auf einer sanften Anhöhe über dem Land und die Lungen füllen mit der wasserweichen Frische, die ein breiter, weitverzweigter Strom über die Ebene bringt. Aber das ist nirgendwo und hier ist hier, die Enge, die sich immer beklemmender um dich zusammenzieht, Luft, die viel zu oft geatmet wurde, die Ausweglosigkeit des Lärms und immer mehr Menschen, immer vollere Straßen, Unerträglichkeit einer Nähe, die noch aus der Nacht kommt und zudringlich wird in der Dämmerung, in der sich alle Beklemmungen wiederholen, keine Bewegung mehr ohne anzustoßen, kein Schritt ohne Geschiebe und Gedränge, kein Ausscheren möglich, sondern mitgegangen im zähen Tempo der

Masse, das vor Trägheit allmählich erlahmt. Jetzt fliegen können oder auf der Stelle einschlafen, während die innere Geschwindigkeit weiter zunimmt, der Kopf rast, die Ungeduld von zahllosen nächtlichen Umdrehungen sich immer höher und höher schraubt, beschleunigter Wahn, wahnhafte Beschleunigung, bis sich irgendwo aus der nicht für möglich gehaltenen Menge eine Passantin löst. Sie fängt an zu rennen, leichtfüßig, keiner weiß, woher sie den Platz nimmt, um so auszuschreiten und die Füße federnd aufzusetzen, sie rennt, als wäre sie allein auf unbetretenem Grund, einer weiten Landschaft, die ihr entgegenfliegt, und die Menge teilt sich in nicht für möglich gehaltener Weise, überall Leute, die Platz machen, um der einsamen Läuferin zuzusehen, möglich, daß es sich um einen Notfall handelt, daß sie verfolgt wird oder sich selbst verfolgt mit einer schönen, aber befremdlichen Verrücktheit, Jägerin und Gejagte in einer Person, mit der man besser nicht in Berührung kommen sollte. Also tritt man zur Seite, wie alle zur Seite treten, so daß sich eine Menschenleere vor ihr auftut, ein Riß in der Zeit, gesäumt von Schweigen, eine erschreckend stille Bahn, die ein wenig an das Nirgendwo erinnert, nach dem sie so lange vergeblich gesucht hat, erinnert an den unverbrauchten Atem der Ebenen, den Geruch von Luft und Fluß und später Sonne, fast möchtest du die Augen schließen, um ganz dort zu sein in dieser raumgreifenden Stille. Und sie tut es, nur für einen Augenblick, für das Gegenteil von einem Augenblick, die Dauer eines inneren Lidschlags, die Augen fest geschlossen, den Blick in sich gesenkt, wo ist sie jetzt, als geradewegs der Wagen auf sie zurast, offene Straße, sie taucht ganz plötzlich vor ihm auf, läuft in seine ungebremste Fahrt hinein, ihn trifft keine Schuld, es trifft sie, ein dumpfer Schlag, mehr Blech als Mensch, heftiges Gerumpel, wie wenn ein Möbelstück treppabwärts poltert, während sie über die Kühlerhaube, Windschutzscheibe hochgeschleudert wird, stumm und auf unwirkliche Weise sehr elastisch, eine Puppe, aber wenn dort eine Puppe liegt, so merkwürdig verdreht, in den Asphalt geknickt, und eine schwarze Flüssigkeit wie Öl aus ihr herausrinnt, wo ist sie dann, wo soll ich sie jetzt suchen und das Gehör finden, das sie mir auf immer verwehrt, nein, kann ich nur sagen, es wird kaum jemand gut schlafen, heute nacht, bei diesem Wind, ich wiederhole mich, da Hendrik weiter schweigt und liest, man könnte es als Zeichen seiner Zustimmung verstehen, er widerspricht nicht, mir zuliebe, möchte ich meinen.

Doch als ich nach ihm sehe, aus den Augenwinkeln, hat er das Manuskript schon aus der Hand gelegt, schläft bei brennendem Licht, an seinem Kissen heruntergesunken und leicht zur Seite geneigt. Er wäre ein viel friedlicherer Toter, aber das denke ich nicht wirklich, auch wenn er Lena gleicht, so wie er daliegt, Lena, nachdem ich ihr eine Geschichte erzählt habe, die sie unbedingt noch hören wollte, obwohl es schon sehr spät war, und der Schlaf schließlich ihre Neugier besiegt. Aber ich bin noch nicht zu Ende, rede leise gegen die Wand, weiß kaum mehr, höre ich mich sprechen oder denken, wobei es mir wichtig erscheint, daß ich die Lippen bewege, ganz leise weiterdenke mit dem Mund. Und auf einmal kann ich alles sagen, es ist ganz leicht, das Allerleichteste, ich habe die Stimme in meinem Kopf gefunden, den Punkt äußerster Klarheit, unnötig, Gedanken in Worte zu fassen, zu übersetzen, sie erzählen sich ganz von allein, die Gedankenstimme spricht. Wie gerne würde ich jetzt mit meinen Fingernägeln an der Tapete kratzen und mich selbst begleiten mit diesem scharrenden, schabenden Geräusch der Neugier, damit das Erzählen nicht aufhört, aber ich weiß, daß ich mich nicht bewegen darf, ich darf keinen Körper haben, sonst ist der Zauber gebrochen. Und so bleibe ich mit meiner Geschichte allein.

Noch immer brennt Licht. Ich habe keine Ahnung, wie spät es ist. Wenn ich es wüßte, würde diese Nacht nur noch langsamer werden. Von weitem der Wind, der gegen das Vergessen aufbegehrt mit einer Kraft, als wolle er selbst die Vorhänge in geschlossenen Räumen herunterreißen. Ein gelegentliches Klappern, Rascheln, das mich aufhorchen läßt, weil es nicht nach draußen klingt, sondern wie drinnen. Ich stehe auf und gehe vorsichtig um das Bett herum auf Hendriks Seite. Ich taste mich vor wie im Dunkeln, präge mir jeden Schritt sorgfältig ein, denn das ist der Weg, den ich mit geschlossenen Augen wieder zurückgehen muß. Ich möchte Lena nicht begegnen, die neben meinem Bett steht jede Nacht, kaum über die Matratze ragt mit ihrem bleichen, großen Kindergesicht und die Nase rümpft. Ich lasse das Licht noch an.

Ich konnte es einfach nicht glauben, ich mußte immerzu sehen, daß sie schlief. Jedesmal, wenn ich sie nicht mehr an der Tapete kratzen hörte, kam ich zu ihr ans Bett und beobachtete ihren Schlaf. Unvorstellbar, daß Lena mit ihrer Neugier, mit all ihren Fragen und Forderungen auf einmal dalag, die Augen geschlossen, ruhig und regelmäßig atmend, eine Friedlichkeit und Stille im Gesicht, als hätte sie auf sanfte Art vergessen, was noch vor wenigen Minuten wichtiger schien als alles andere auf der Welt, die Aufregung, das Geschrei, wie nie gewesen jetzt. Vergessen auch, daß sie die Stärkere von uns beiden war, daß sie recht bekam, wo sie recht haben wollte, ihre Beharrlichkeit, die Wutausbrüche, ihr unbeugsamer Wille. Ich hatte nicht die Kraft, ihr etwas entgegenzusetzen oder ihre Gegnerschaft auszuhalten, wenn es sich hinzog. Mir fehlte jegliche Ausdauer im Streit. Worum es auch ging, es war mir am Ende immer ein bißchen weniger wichtig als ihr. Nur in der Nacht, wenn ich erzählt hatte, um dem Kratzen ihrer Neugier zu entsprechen, bis es verstummte und ich allein zurückblieb mit der Sagbarkeit meiner Gedanken, wenn ich mich heimlich an ihr Bett stellte und Wache hielt über ihren ungeschützten Schlaf, nur dann verspürte ich ein leises Gefühl von Triumph, eine Spur zärtlicher Überlegenheit. Ich hatte mit dem Schlaf zusammen über sie gesiegt, auch wenn dies ein Sieg war, der tagsüber nicht zählte, den es schon morgen früh nie gegeben haben würde. Ich konnte es kaum erwarten, ihr beim Schlafen zuzusehen. Es erfrischte mich mehr als alles andere. Eine Ruhe wie diese habe ich nirgends wieder gefunden, so tief ich auch schlief. Ich ruhte in und über ihrem Schlaf. Davon habe ich ihr nie erzählt.

135

Hendrik hat sich zum Licht hingedreht, sein Gesicht ist der Lampe ganz nah. Es muß sich warm anfühlen auf seinen Augen, so viel Helligkeit, durch die Lider ein samtener, rötlicher Schimmer, bestimmt. Vielleicht hat er im Schlaf sogar diese Farbe gesucht, und es kann sein, daß er aufwacht, sobald ich das Licht ausknipse. Was es für seine Träume bedeuten mag, wenn auf einmal alles außerhalb erlischt. Ich zögere, die Hand am Schalter.

Plötzlich klingelt das Telefon, ein merkwürdig schnarrender, vibrierender Laut. Ich reiße den Hörer an mich, nur um dieses Geräusch abzustellen. Es hat mich mehr erschreckt als Hendrik, der regungslos liegen bleibt und nur einmal kurz schluckt, wobei er mit den Kiefern eine Kaubewegung macht, die aussieht, als würde er den Schlaf auf seiner Zunge schmecken. Aber vielleicht träumt er auch nur. Ich presse den Hörer eng an meinen Körper und starre auf Hendriks ruhendes Gesicht. Ich habe keine Ahnung, was ich machen soll mit diesem Gespräch. Es ist ganz sicher nicht für mich.

»Hallo?« Ich versuche, den Hörer mit der Hand zuzuhalten, während ich ihn ans Ohr führe. Alles, was ich tue, ist zu laut. Ich könnte auflegen – aber dann würde es sicher gleich wieder klingeln. Also flüstere ich ein kurzes Ja. Ich drücke den Hörer so fest ans Ohr, daß es schmerzt. Am anderen Ende meldet sich die Gedankenstimme. Sibylle.

Ich sage nichts. Ich will mit niemandem sprechen. Ich will nur, daß es still ist. Sibylle redet ohne Unterbrechung. Die ganze Zeit schaue ich Hendrik an, der weiterschläft, und hoffe sehr, daß alles, was sie von sich gibt, lautlos in meinem Kopf verschwindet. Ich werde nicht zulassen, daß sie ihn weckt.

Was sie sagt, ist im einzelnen kaum zu verstehen. Ich begreife nur so viel, daß sie irgendwo in einer Kneipe hockt, nicht weit von hier entfernt, obwohl es sich anhört, als würde sie von einem anderen Kontinent aus anrufen. Im Hintergrund laute Musik, Stimmenwirrwarr und Gelächter. Sie fordert mich auf zu kommen. Ich schüttele unsinnigerweise den Kopf. Sie läßt nicht locker. Eine zweite Stimme mischt sich ein, durchdringend und laut. Ich erkenne den Ähnlichen. Er läßt mich grüßen, herzlich. Bring Hendrik mit, verlangt sie, Sibylle wieder, er soll uns alle nach Hause fahren. Ich schüttele den Kopf noch immer. »Hendrik schläft.« Es ist der erste Satz, den ich sage. Ich lasse ihn dabei nicht aus den Augen und denke, nur nicht aufwachen jetzt.

Sibylles Stimme wird deutlicher, doch ich verstehe noch immer nicht, wovon sie redet, weil mir das Vorangegangene fehlt. Sie braucht meine Hilfe, sagt sie, aber sie klingt nicht, als würde sie Hilfe brauchen. Ich wüßte nicht, was ich für sie tun kann. Ich habe noch nie jemandem helfen können. »Ich praktiziere nicht, ich bin nicht einmal bis zum praktischen Jahr gekommen«, flüstere ich so nachdrücklich, wie es eben geht, und hoffe, sie begreift, daß ich ihr keine Medikamente oder Rezepte beschaffen kann, falls es das ist, worauf sie hinauswill. Ich habe nicht einmal mehr Tabletten im Haus, außer vielleicht ein paar Aspirin, und die gehören Hendrik. Alles, was ich denke, ist ›nein‹, während ich mich verzweifelt zu erinnern versuche, ob ich nicht gerade erst mit ihr telefoniert habe oder nur daran gedacht hatte, es zu tun.

Sie fängt von ihrer Schauspielerei an, den Schwierigkeiten auf den Proben, den Kollegen, lästert über irgendwen, im Hintergrund höre ich den Ähnlichen lachen, meckernd, als wäre auch er gemeint – ein Ablenkungsmanöver offensichtlich, was geht mich das an. Die Verständlichkeit ist jetzt besser, wahrscheinlich hat sie sich in einen Nebenraum zurückgezogen, ich höre nicht so genau hin. Ich bete nur eine einzige Frage in Gedanken vor mich hin: Was willst du eigentlich von mir? Ich schwöre mir, diese Frage nicht zu vergessen, egal, was kommt, bis mir auf einmal klar wird, daß Sibylle nur deshalb so viel redet, weil sie mich überhaupt nicht sprechen will.

Mir wird langsam kalt. Ich kauere in der äußersten Ecke des Schlafzimmers auf dem Teppich, Eisfüße wie lange nicht mehr. Ich massiere und reibe, es nützt alles nichts. Ich könnte mich ins Bett setzen, natürlich, aber ich möchte dieses Gespräch so weit wie möglich von Hendrik fernhalten. Ich weiß, daß ich ihn nicht vor ihr verstecken kann. Es ist nur, weil er schläft.

Ich werde nicht um ihn kämpfen. Ich hatte immer geglaubt, daß ich ihn verlieren würde, sobald er und Lena sich kennenlernen. Früher oder später haben sich alle meine Freunde in Lena verliebt. Es war nicht weiter dramatisch, Lena war einfach die bessere Schwester, ich konnte das verstehen, sie war etwas Besonderes, das wußte niemand so gut wie ich. Solange ich noch zu Hause wohnte, war sie mein einziges Gesprächsthema, also erzählte ich meinen Freunden ständig von ihr und erstattete Lena Nacht für Nacht Bericht. Ich habe noch nicht einmal versucht, das Unvermeidliche zu verhindern. Statt dessen trug ich beiden Seiten sämtliche Geschichten zu, wie um ihr Interesse aneinander immer weiter zu steigern – wovon hätte ich sonst erzählen sollen, ich selbst erschien mir nicht interessant genug. Erst als ich auszog, gab es einige Affären, die zu unbedeutend und kurzlebig waren, um bis zu Lena durchzudringen. Und es gab Hendrik, von dem ich Lena nicht erzählte in der Hoffnung, ihn noch ein wenig für mich behalten zu können. Ich wollte den Zeitpunkt immer weiter hinauszögern, an dem sie und er sich unwiderruflich begegnen würden. Vielleicht habe ich mir manchmal sogar eingebildet, ich könnte ihn Lena ein Leben lang vorenthalten. Aber ich habe nie vergessen, daß unser Glück nur geliehen war.

Die Gedankenstimme spricht noch immer, aber mir ist kalt, sehr kalt. Ich möchte jetzt auflegen. Ich bin fest entschlossen, es ihr zu sagen bei der nächsten Gelegenheit, höchste Zeit, mir fehlen die Worte. Ich muß mich zwingen, mir Sibylle vorzustellen, wie sie im Nebenzimmer einer Kneipe steht, ein Glas in der Hand, eine Zigarette zwischen Zeige- und Mittelfinger, sie ist sonst zu mächtig. Gegen ihre Stimme habe ich keine Chance. Ich lauere darauf, daß sie einen Schluck trinkt, einen Zug nimmt, irgendwas. Sie spricht von mir als Medizinerin und Freundin – beides bin ich nicht –, von meinem Rat, den sie sehr schätzt. Es kann gar nicht anders sein, sie muß zuviel getrunken haben. Ich warte nur auf eine Lücke in ihrem Gerede. Ich habe den Satz jetzt fertig auf der Zunge: Wenn du krank bist, geh zum Arzt, das ist mein Rat und fertig. Ich kann es kaum erwarten, ich zittere vor Kälte und Ungeduld, ihr diesen Satz zu sagen, auch wenn ich weiß, daß sie mit ihren Schmeicheleien gar nicht mich meint, sondern Hendrik.

Umgekehrt gilt natürlich das gleiche – sagt sie, ohne daß ich mit einem einzigen Wort dazwischen komme –, falls ich ihre Hilfe brauchen würde oder einfach mal jemanden zum Reden, ein bißchen Abwechslung, Theaterkarten, irgendwas, ich bräuchte es nur zu sagen. Doch sie macht keine Pause, sie wechselt nur die Tonart.

»Hendrik, der Ärmste, hat mir unterwegs alles erzählt, wie lange geht das jetzt schon so mit euch, und dabei hat er wirklich nur sehr gut von dir gesprochen, ich wußte gar nicht, daß du so an Lena hängst, man muß sich ja ernsthaft Sorgen um dich machen, ich hoffe, Hendrik hat nicht untertrieben, als er dir erzählt hat, wie geschockt ich war ...«
Ich überlege für einen Moment, ob ich es nicht nehmen soll wie das Klappern des Windes in den Fensterläden, ein störendes, aber belangloses Geräusch.

»Komm schon!« ruft der Ähnliche dazwischen, laut und knisternd wie eine atmosphärische Störung. Ich weiß nicht, was ich sagen soll, ruft er jetzt mich oder sie? Es täte ihr leid, sie müsse langsam Schluß machen – ich halte den Hörer wieder dichter ans Ohr –, ob soweit alles in Ordnung sei. »Mir ist kalt«, flüstere ich. Es rutscht mir heraus. Ich wollte das nicht sagen. Aber ich friere wirklich. Ich muß mir auf die Lippen beißen, damit meine Zähne nicht klappern. Leg dich ins Bett, säuselt der Wind, deck dich gut zu und schlaf. Für so einen Wind ist das leicht gesagt. Ich kauere mich noch enger zusammen. Und übrigens, klappert es weiter, herzliches Beileid.

Ich nicke, auf einmal den Tränen nahe, und will doch, daß es Wut ist oder Haß. Statt dessen überkommt mich eine warme Welle von Dankbarkeit, weil sie nett zu mir ist, das plötzliche Gefühl, nicht allein zu sein, auch wenn ich sie noch so sehr durchschaue. Ich muß die Kiefer zusammenkrampfen, um ihr nicht ›danke‹ zu sagen, höre meine Zähne knirschen wie zerstoßenes Glas und schaue hoch an die Zimmerdecke, um die Tränenflüssigkeit zurückzuhalten.

Hendrik sieht mich an, auf einmal hellwach, als hätte er überhaupt nicht geschlafen, seine Haltung so aufrecht und akkurat wie eh und je. Ich versuche zurückzurechnen, wie lange er mich vielleicht schon beobachtet, außerstande, ihm in die Augen zu sehen. Doch ich spüre noch immer seinen Blick auf meinem Gesicht, so wach, wachsam und nüchtern, daß es schon fast an Feindseligkeit grenzt. Ich brauche ihn nicht anzuschauen, um zu wissen, daß er gehen wird. In zwei, drei Minuten wird er umgezogen sein und zu Sibylle fahren, ich halte die Sprechmuschel so dicht wie möglich an die Lippen, »Moment« flüstere ich und bin ganz erstaunt, daß meine Stimme nicht brüchig klingt.

Sandelholz. Ich konzentriere mich darauf, herauszufinden, wie stark der Geruch von Sandelholz ist, an den wir

beide uns so gewöhnt haben, daß wir ihn kaum noch wahr-
nehmen. Meine größte Sorge im Moment ist, er könnte zu
aufdringlich sein. Es wäre mir vor Sibylle peinlich. Ich stelle fest, daß ich mich jetzt schon schäme. Anstatt rasend eifersüchtig auf sie zu sein, schäme ich mich für Hendrik und
seinen eigenartigen Geruch. Anstatt mit Klauen und Zäh-
nen um ihn zu kämpfen, habe ich panische Angst, er könnte nicht gut genug für sie sein. Mein größter Alptraum ist
nicht, wie ich immer dachte, daß er mich wegen einer anderen verläßt, sondern daß er sich ihr anbietet und sie die
Nase rümpft. Ihr Gesicht eine Grimasse des Ekels. Lenas
Gesicht. Ich darf gar nicht daran denken. »Moment«, sage
ich noch einmal, »ich gebe ihn dir.«

Ich gehe auf Hendrik zu und halte ihm den Telefonhörer hin. Ich zittere, aber nur ein bißchen, nur weil ich nicht
zittern will. Seine Frisur sitzt erstaunlich gut, doch bei dem
Wirbel am Hinterkopf stehen ein paar Haare hoch, und die
linke Seite wirkt bei näherem Hinsehen etwas geknautscht.
Ich hoffe, daß er noch einmal in den Spiegel guckt, bevor er
geht. Beim Einatmen scheint mir, daß der Sandelholzduft
wenigstens etwas verflogen ist, aber vielleicht ist meine
Nase einfach nicht fein genug. Hendrik schaut mich an. Ich
fuchtele mit dem Hörer aufmunternd vor seinem Gesicht
herum und sage, »für dich«. Es gelingt mir, glaube ich, zu
lächeln.

They made up their minds
And they started packing
They left before the sun came up that day
And when the car broke down
They started walking
Where were they going
Without ever knowing their way
  Autoradio, kurz nach drei

7

Philipp.

Die letzten fünfzig Kilometer. Ich hätte nicht umkehren sollen vor einem Jahr. Das macht es diesmal nur noch schwieriger. Die Erinnerung daran deckt alles zu, was Nachhausekommen früher einmal war oder zumindest hätte sein können. Der Gedanke an Umkehr ist mir das Vertrauteste auf diesem Weg. Mit jedem Kilometer wachsende Verlegenheit, eine Kopie meiner Gefühle von damals. Allmähliche Einfahrt in eine Erinnerung, die sich wie jede Niederlage beinahe zwangsläufig wiederholt.

Noch immer Autobahn. Noch kann ich mir einbilden, überall zu sein, zwischen Lärmschutzpalisaden und dem kraftlosen Grün des Mittelstreifens, das im Sog des Fahrtwinds gegen die Leitplanken schlägt und schwankt. Nur die Schilder markieren Unausweichliches: Ausfahrten, Ortsnamen, die nicht nur mit Kilometerzahlen auf Straßenkarten verbunden sind, sondern an Ausflüge erinnern, Sonntagsspaziergänge, Besuche und Gegenbesuche. Klebrige Gegend alles in allem. Ich meide den Blick auf die Landschaft, den die Schallwände gelegentlich freigeben. Es handelt sich nicht wirklich um Heimat, aber manches kommt mir näher, als mir lieb ist.

Die Anhalterin, die ich mitgenommen haben könnte, wäre nicht von hier. Es müßte ihr erster Besuch sein, alte Freunde, vor kurzem verzogen. Ich versuche, die Gegend mit ihren Augen zu sehen, den Augen einer Fremden. Für alles, was mir nicht bekannt vorkommt, könnte ich mich begeistern.

Ob sie es auch empfinden würde, das Verstummen, das die sich ausbreitende Landschaft dem Betrachter aufzwingt. Ankämpfen gegen die Einsilbigkeit dieses Anblicks. Wenn ich sie wäre, würde ich singen. Vielleicht der letzte Versuch, ein Gefühl zu produzieren, das die Gegend nicht vorgibt. Ich drehe das Autoradio lauter, wechsele von Sender zu Sender auf der Suche nach einer Musik, die mich an nichts erinnert. Atmosphärisches Kauderwelsch. Das Bedürfnis, das Wageninnere mit irgend etwas zu füllen, damit es nicht völlig der Landschaft anheimfällt.

Ich rauche seit Jahren nicht mehr, wünsche mir aber jetzt nichts sehnlicher als eine Zigarette. Der Griff ins Handschuhfach. Ertasten einer zerknautschten Schachtel, eiserne Reserve, bis heute nie gebraucht. Inhalt zwei, drei krumme Stengel. Alter ausgetrockneter Tabak, der aus den Hülsen rieselt. Doch darauf kommt es jetzt nicht an. Würde es Sie stören, wenn ich rauche? Ich drücke den Zigarettenanzünder. Geruch von verglühendem Staub. Aufglimmende Enden. Der erste tiefe Zug. Es gibt mich noch.

So langsam sollte ich damit anfangen, mich auf das Schlimmste gefaßt zu machen, was mir passieren kann. Es beginnt mit dem Verlassen der Autobahn. Mir graut vor den Straßen, Häusern, Einfahrten, den angeblichen Sehenswürdigkeiten, die sich kaum jemand ansieht, vor den Läden, Zigarettenautomaten, Kneipen, an denen ich so oft vorbeigefahren bin. Mir graut vor meiner eigenen Erinnerung. Ich will das alles nicht wiedersehen und schon gar nicht wiedergesehen werden. Es ist klar – aber das würde ich der Anhalterin nicht sagen –, daß unser Spiel aus ist, sobald mich jemand erkennen sollte und sie erfährt, wer ich bin.

Dabei glaube ich nicht einmal, daß es ein Nachbar oder ein alter Bekannter sein wird, der mich verrät, indem er mir winkt, unverhofft auf mich zukommt und mich, bevor ich flüchten kann, freudig begrüßt. Ich fürchte vielmehr den Verrat der Dinge, die darin abgelagerten Erinnerungen und das Gedächtnis der Schauplätze, die unwiderruflichen Hauseingänge, Straßenecken, Bänke unter Bäumen mit ihrem stummen Weißt-du-noch? Menschen sind vergeßlich. Aber den Lokalitäten entkommt man nicht.

Mir geht ein Satz nicht aus dem Kopf, den ich mir nie merken wollte. Schon beim ersten Lesen war er mir unangenehm, aber er hat sich gegen all meine Versuche, ihn zu vergessen, gewehrt wie ein Ohrwurm oder ein Werbeslogan, der sich einem geradezu durch Widerwillen einprägt. Ich bin vor Ewigkeiten in einem Anzeigenblättchen darauf gestoßen, das ich eigentlich nur in den Müll schmeißen wollte. Es ging um einen prominenten Fußballspieler und Lokalmatador, der zu internationalen Ehren gelangt war und jetzt – am Ende seiner Karriere – wieder in die Heimat zurückkehrte. »Ich bin erst froh, wenn ich unsere Kirchturmspitzen wiedersehe«, lautete die Schlagzeile über dem

Interview auf der Titelseite. Ich wußte sofort, was er meint, den Zustand kenne ich nur zu gut. Mir graut vor diesen Kirchturmspitzen. Noch dreiunddreißig Kilometer. Übernächste Ausfahrt.

Worauf ich mich gefaßt machen sollte: bei mir zu Hause vor der Tür zu stehen, zu klingeln, und es machen mir wildfremde Leute auf. Es ist das altvertraute Treppenhaus, die richtige Etage. Nein, ich habe mich nicht in der Tür geirrt. Drinnen Musik. Eine Feier ist im Gange. Man bittet mich freundlich herein, ein Mißverständnis, es wird sich sicher gleich aufklären. Ich lehne ab, bleibe im Treppenhaus stehen und frage nach meiner Frau. Meine Stimme klingt brüchig. Ich sage nicht ›meine Frau‹. Ich benutze nur ihren Vornamen, Vornamen ändert man nicht so leicht. Bewegung hinter der Tür, Tuscheln flurabwärts. Offenbar gibt es jemanden, der so heißt. In den Türrahmen stellt sich ein Mann und fragt mich, was ich von ihr will, ohne dabei die Stimme zu heben. Er sieht aus wie der Bruder, den ich nie gehabt habe. Er also ist es, der andere. Er ist der, der ich nicht bin.

Ich bin auf meiner Beerdigung, aber zu spät. Das Begräbnis hat schon stattgefunden, es ist niemand mehr da. Anderthalb Jahre sind vergangen. Ich habe den Moment verpaßt, in dem ich eine Lücke reiße. Vielleicht hat es ihn auch nie gegeben. Wer keinem Menschen nahesteht, sollte nicht sterben. Es ist zu trostlos. Tod ohne Verlust. Vielleicht ist es das, was mich seit je von Verzweiflungstaten abgehalten hat: das Bewußtsein, niemanden mit dem Schmerz zu erreichen, den man sich zufügt. Was auch immer ich mir antue, es tut keinem weh außer mir. Ich erinnere mich, wie ich früher ausgelacht wurde, wenn ich in hilflosem Zorn mich selber schlug. Da war ich so alt wie mein Sohn jetzt. Ich dachte, wenn ich nur lange und fest genug zuschlage, würde mich jemand daran hindern. Statt dessen gesteigerte Heiterkeit, es blieb mir nichts anderes übrig als mitzulachen über mich und meine Wut. Diesem Gelächter verdanke ich vermutlich, daß ich noch am Leben bin.

Mein Bruder. Ich sehe ihn an, die Ruhe in seinem Gesicht, beinahe so etwas wie Geduld. Er weiß, daß dieser Augenblick vorbeigeht, daß ihm von mir keine Gefahr droht, er wartet nur ab. Warum bin ich so müde? Meine Kraftlosigkeit ist beschämend. Ich mustere ihn, nur um abzuschätzen, ob er mich auslachen wird, wenn ich gehe. Aber nichts deutet darauf hin. Vielleicht würde ich an seiner Stelle lachen. Ich bin ziemlich sicher, daß es mir in dieser Situation nicht gut zu Gesicht stehen würde, der Überlegene zu sein. Doch er nutzt es nicht aus. Er übertrifft mich sogar noch an Fairneß – ich bin der Betrogene und kann mich nicht einmal beklagen. Es zeigt sich, ich bin es zu Recht.

Also, was will ich? Ich habe seine Frage nicht beantwortet. Ich könnte sagen, daß ich gekommen bin, um mich zu verabschieden, aber das ist nicht wahr. Ich habe mich auf den Weg gemacht, ohne zu überlegen, vielleicht noch immer in dem Glauben, irgendwann einmal nach Hause zu kommen und alles so vorzufinden, wie man es sich zusammenträumt auf einer leeren, langen Fahrt, mich selbst vor allem anzutreffen, als wäre die Nähe mein Element, als wäre es für mich das Selbstverständlichste auf der Welt, hier zu sein – das wünsche ich mir jedesmal, wenn ich vor dieser Tür stehe.

Doch das ist vorbei. Ich bin gekommen, um mich von ihr zu verabschieden, so soll es wohl sein, von ihr und dem Kleinen. Mein ganzes Leben lang bin ich diesem Augenblick ausgewichen. Ich habe behauptet, ein Spezialist in Sachen Abschied zu sein. In Wirklichkeit habe ich mich immer davor gedrückt, bevor es ernst wurde, und so getan, als ginge mich das alles nichts mehr an. Ich bin jedem Abschied vorausgeeilt, hatte die Trennung schon immer vollzogen, lange vor den üblichen Umarmungen am Straßenrand, auf dem Bahnsteig oder in der Abflughalle, taub für zärtliche Beteuerungen, abwesend beim Abschiedskuß. Noch ehe es Tränen geben konnte, war ich weg. Ich weiß, daß dies jetzt meine letzte Chance ist, das nachzuholen. Von all meinen Versäumnissen wiegt mit der Zeit am schwersten, daß ich es nicht einmal geschafft habe, mich richtig von ihm zu verabschieden. ›Tschüs, Philipp‹, das kann es nicht gewesen sein. Der Gedanke, es könnte seine letzte Erinnerung an mich bleiben, wie ich vom Frühstückstisch aufstehe, über die Cornflakesschachtel hinweg einen Gruß andeute und gehe. Es kann nicht sein, daß er an mich als diesen Mann zurückdenkt, der nie da war und eines Morgens für immer verschwand.

Ich sehe uns beide vor einem Schaufenster stehen, es ist Sonntagvormittag. Ich beuge mich zu ihm herunter, ein Wortwechsel auf gleicher Augenhöhe. Ich werde ihm erklären müssen, daß wir uns so bald nicht wiedersehen, und wenn es dazu kommt, nach einiger Zeit, werden wir nicht mehr die sein, die wir heute sind. Ich hoffe, daß er mich versteht und weiß, daß wir von nun an getrennte Wege gehen. Ich hoffe, er versteht, daß ich ihn jetzt hier alleine lassen werde, so schwer es mir fällt, und daß es keinen Sinn macht, mir nach diesem Abschied hinterherzulaufen, auch wenn es so aussieht, als könnte das etwas ändern. Ich muß es ihm sagen, ich will nicht länger ein ›Tschüs, Philipp‹ für ihn sein. Ich bin gekommen, um mich zu verabschieden, das will ich. Und ich werde dabei nicht schon daran denken, was ich als nächstes tue, in welche Arbeit ich mich stürze und was für handfeste Erfolge später einmal als Rechtfertigung dafür herhalten sollen. Ich bin auf diesen Abschied vorbereitet. Ich will versuchen, mich vor niemandem zu schämen, auch vor dem anderen nicht. Er wird das sicher verstehen.

Es ärgert mich nur, daß er mir die Sicht versperrt. Ich habe beinahe zehn Jahre in dieser Wohnung gelebt – in meinen Erinnerungen war ich immer hier –, und jetzt soll ich all das nicht mehr sehen dürfen. Ich strecke die Hand aus, um ihn beiseite zu schieben, nur ein kleines Stück, aber es könnte natürlich ein Schlag sein, zu dem ich ansetze. Er zuckt, weicht etwas zurück. Ich will ihn nicht treffen, es soll nur eine Geste sein, ein Wink, aber es freut mich, daß er mich für so unberechenbar hält und mir einen Zorn zutraut, zu dem ich längst nicht mehr fähig bin. In einem Kampf, wenn es denn dazu käme, würde ich unterliegen. Aber vielleicht ist es diese Niederlage, stellvertretend für alles andere, die ich suche.

Er steht jetzt seitlich zu mir, wahrscheinlich um weniger Angriffsfläche zu bieten, abwehrbereit – der Gedanke belustigt mich nach wie vor, daß er glaubt, ich könnte ihn attackieren, der Betrogene den Betrüger, als hätte ich mich nicht selbst um alles gebracht, lange bevor es ihn gab. Falls er ein schlechtes Gewissen hat, überschätzt er sich. Wie wenig wir voneinander wissen. Wie ahnungslos wir sind. Es ist zum Lachen. Aber ich lache nicht, schmunzle nicht einmal. Es reicht mir, daß er jetzt den Blick freigibt für meinen Abschied. Ich schaue an ihm vorbei, den Flur hinunter, das ist alles, was ich will.

Wo sind auf einmal die Gäste? Die Musik ist verstummt oder so leise geworden, daß ich sie nicht mehr höre, die Wohnung scheint menschenleer. In der hinteren Tür – es ist die zum Kinderzimmer – lehnt schemenhaft meine Frau, von der nur noch der Vorname übrig ist, den Kopf gesenkt, als würde sie angestrengt auf die Stille lauschen, ein wenig vorgebeugt wie in Erwartung eines Schlages. Mit ihrer linken Hand tätschelt sie einen unsichtbaren Kopf. Ich kann nur ahnen, daß der Kleine sich hinter ihr versteckt. Sofort der Gedanke, ich muß sie beschützen. Der andere ist offenbar nicht in der Lage, ihnen diese Angst zu nehmen. Ich möchte nicht, daß sie sich fürchten, will einen Schritt auf sie zugehen, sie beruhigen, als mir plötzlich klar wird, sie haben Angst vor mir.

Der andere stellt sich wieder in die Tür, als gäbe es noch einen Weg zu versperren. Näher als jetzt werde ich ihnen nie wieder kommen, der Frau mit dem Vornamen und ihrem Kind. Ich hoffe auf ein Wort von ihr, wenigstens Blickkontakt. Über seine Schulter hinweg kann ich sehen, wie sie den Kopf schüttelt, nicht zu mir, zu irgendwem, sondern einfach nur so vor sich hin. Ich mag dieses Kopfschütteln nicht, aber sie hat recht. Daß es so weit kommen mußte. Sogar für einen Abschied ist es schon zu spät. Kein Kampf, keine weitere Niederlage, nur die Erinnerung daran. Tschüs, Philipp.

Was ich wollte, war das nicht die Frage? Ich weiß es nicht mehr. Der andere folgt meinem Blick, schaut hinter sich, wie um zu sehen, was ich sehe. »Schon gut«, sage ich und reiche ihm die Hand, »hat sich erledigt.«

Die Ausfahrt. Die ersten Ampeln nach der Autobahn. Sogartige Verlangsamung der Fahrt, als wäre jede Bewegung von einer plötzlichen Trägheit erfaßt. Es ist wie in einem schlechten Traum, dieses Zurückfallen hinter die Geschwindigkeit, mit der man über weite Strecken eins gewesen ist. So zäh und unwirklich die Stadt, Industriegebiete, Randbezirke, stehengebliebene Zeit. Ich weiß noch genau, wo ich umgekehrt bin letztes Jahr, an welcher Stelle. Kein Blick hinüber zur Anhalterin. Den restlichen Weg überstehe ich nur allein.

Das beste wäre, wenn ich sie dort absetze. Noch vor wenigen Kilometern hätte ich den Gedanken nicht ertragen, daß es irgendwo da draußen eine Person geben könnte, die alles über mich weiß. Inzwischen verstehe ich die Anstrengung nicht mehr, koste es, was es wolle, ein Bild von mir aufrechtzuerhalten, das ich nicht bin. Was für einen Aufwand man betreibt, um sich voreinander zu schützen, während man darüber vergißt, was es eigentlich zu schützen gilt. Es kommt mir vor, als hätte ich mein Leben lang eine Person verteidigt, die ich nie war. Ich möchte allein sein. Ich möchte im Augenblick nicht daran denken, daß ich mich auch von der Anhalterin verabschieden müßte. Aber ich würde jetzt gerne allein sein mit dem Rest von mir.

Möglich, daß ich gar nicht imstande bin, mir das Schlimmste vorzustellen, was passieren kann. Alles könnte schlimmer kommen. Vielleicht bin ich mit meinen Befürchtungen noch weit von der Wahrheit entfernt, nicht einmal in Hörweite des Satzes, der mich zerstört und den ich mir selbst vorhersagen möchte, als könnte ich ihn dadurch unschädlich machen. Vielleicht ist meine Angst immer das andere, immer das, was ich gerade nicht denke. Aber ich habe mir diese Szene so oft vorgestellt, das Warten vor der Tür, die fremden Leute, das verstummende Fest, daß es mir vorkommt, als hätte ich das alles schon erlebt. Ich könnte nicht sagen, wann. Vielleicht ist es schon lange her. Doch je näher ich dieser Tür komme, desto unausweichlicher der Eindruck, das Schlimmste ist schon geschehen.

Die ersten Fußgänger auf der Strecke. Erstaunlich, daß man Hunderte von Kilometern fahren kann, ohne einen Menschen zu sehen, der einem nicht zuerst als Auto begegnet. Rote Welle. Rechts schlängelt sich ein Radfahrer an der Wagenkolonne vorbei. Ich beschleunige nach der Ampel und fahre auf das Haus von Rowky Dowky zu, eine alte, freistehende Villa, die schon seit Jahren verfällt, Rechtsstreitigkeiten unter Erben vermutlich, in Verbindung mit rigiden Denkmalschutzauflagen.

Nach diesem Haus hat er uns immer gefragt, wenn wir von unseren Ausflügen zurückkamen. Ich weiß nicht, ob es ihm unheimlich war in dem Sinne, wie man es sich von Gespenstergeschichten wünscht, oder ob er wirklich Angst davor hatte. Wahrscheinlich beides. Aber es wurde uns mit der Zeit auf seltsame Weise vertraut. Im Rückspiegel konnte ich beobachten, wie er schon etliche Kilometer im voraus danach Ausschau hielt – manchmal mußte ich ihn regelrecht beruhigen und ihm sagen, es sei noch viel zu früh. Sein gebannter Blick, als wir endlich daran vorbeifuhren. Und er sah dem Haus auch dann noch nach, auf der Rückbank kniend, zur Heckscheibe gewandt, wenn es längst hinter Baumreihen und Wohnblocks verschwunden war. Dieses Haus beschäftigte ihn bis in den Schlaf hinein, er träumte davon. Unentwegt löcherte er uns mit Fragen, weil er fest davon überzeugt war, wir wüßten, was es damit auf sich hat, würden es nur nicht verraten wollen. Für ihn verbargen sich Rätsel hinter diesen Efeu-umrankten Mauern, dunkle Geheimnisse, Flüche aus alter Zeit. Es handelte sich ganz ohne Zweifel um einen magischen Ort.

Seine Enttäuschung, wenn ich eine andere, nähergelegene Ausfahrt nahm und wir plötzlich vor unserer Haustür standen, ohne an der Villa vorbeigekommen zu sein. Er war untröstlich, nichts zu machen. Ich mußte regelmäßig Umwege fahren, um ihn wieder zu versöhnen. Ich fahre sie heute noch. Ein unantastbares Familienritual. Irgendwann, als wir auf seine Fragen nichts mehr zu sagen wußten, hatte sie ihm das Lied vom Haus von Rowky Dowky vorgesungen. Seitdem bestand er darauf. Er wollte es wieder und wieder hören, den ganzen Weg von hier bis vor unsere Haustür. Er liebte dieses Lied. Aus irgendeinem Grund kann ich mich nur noch an die erste Zeile erinnern: ›Das Haus von Rowky Dowky hat manches schon gesehen …‹ Es ist, als wäre das alles Ewigkeiten her. Ich fuhr die restliche Strecke immer so langsam wie möglich, damit sie zu Ende singen konnte. Sämtliche Strophen. Ich drossele das Tempo auch jetzt. An dieser Stelle bin ich umgekehrt, letztes Jahr. Ich konnte nicht weiter.

Anhalten. Vor dem eingefallenen und notdürftig wieder vernagelten Gartenzaun zerfahrener Rasen, Profilspuren im trockenen Lehm. Vielleicht war hier einmal ein Vorgarten, jetzt ist es ein Stückchen Niemandsland, als Wendeplatz vereinnahmt. Fast sieht es so aus, als wäre die Villa mit der Zeit immer weiter von der Straße zurückgewichen. Die Stille – trotz Autoradio und Straßenlärm im Hintergrund. Der Druck der Fahrt auf den Ohren, das Wageninnere nach dem Verstummen des Motors ein tauber Raum. Erst nach und nach werden einzelne Geräusche wieder hörbar, die weiterlaufende Kühlung, die Stimme einer Nachrichtensprecherin, ihr nüchterner Ton, Unnahbarkeit. Ich bin sicher, daß die Anhalterin, wenn sie mir jetzt antworten würde, so klingt. Zeit, sich zu trennen. Ich warte einen Augenblick, zähle bis zehn, die Dauer eines imaginären Türenschlagens, ihre Schritte um den Wagen, die Kofferraumklappe, die sie auf- und zugemacht haben könnte. Elf, zwölf, dreizehn. Ich taste mit der Hand nach dem Beifahrersitz. Leer. Niemand da. Gut so.

Ich habe es nicht mehr eilig. Könnte hier stehenbleiben, bis alles vorbei ist. Unfaßbar, daß ich immer wieder an diesen Punkt komme, wo es weder vor noch zurück geht. Im Grunde bin ich ein Jahr zu spät. Wiedergutmachung für 365 versäumte Tage, jeder einzelne, für sich genommen, unverzeihlich. Was tun, um der Tatenlosigkeit zu entgehen, die vielleicht das Allerschlimmste ist, was mir passieren kann, jetzt, da es keinen Unterschied mehr gibt zwischen nichts tun und nichts sein, dem Ende der Bewegung und mir selbst. Ich weiß nicht mehr, wer ich bin, wenn ich nicht weiß, was ich mache. Weg hier, weiter, denke ich, einfach weiterfahren, wie der Mann in dem Film, und die Straße entscheiden lassen. Ich setze zurück, wende.

Dichter Verkehr von beiden Seiten. Ich versuche, dazwischenzukommen, vergeblich. Der Stillstand treibt mir den Schweiß auf die Stirn. Ich drängle mit dem Kühler auf die Fahrbahn. Hupen. Endlich eine Lücke rechts. Ich schaue noch einmal auf den anderen Fahrstreifen, aber der Gegenverkehr reißt nicht ab. Wäre die Straße frei gewesen, hätte ich kehrtgemacht. So war es letztes Jahr. Das ist der einzige Unterschied.

Es geht langsam voran. Berufsverkehr. Stadteinwärts wie stadtauswärts das gleiche Bild, als würden sich die Abfahrenden in den Ankommenden spiegeln. Ich ertappe mich dabei, wie ich das Lied von Rowky Dowky summe, wortlos, und drehe das Radio noch lauter, in der Hoffnung, die Erinnerung zu übertönen. Eine Fußgängerampel, zehn Meter vor mir, springt auf rot. Eine Frau überquert die Straße. Sie zieht ein Rollwägelchen hinter sich her, vielleicht auch einen Koffer, mit etwas Phantasie. Der Ampelpfosten auf der anderen Straßenseite ist defekt. Sie muß warten, bis einer der entgegenkommenden Wagen hält und sie hinüber läßt. Mitten auf der Straße bleibt sie stehen. Ich kann ihr Gesicht nicht erkennen. Langes Haar fällt ihr über die Schläfen und Schultern, sie hat den Mantelkragen hochgeschlagen, schaut in Richtung Gegenverkehr. Ich wünschte, sie würde zu mir herübersehen. Dreh dich um, denke ich, dreh dich um und schau her, ich beschwöre sie, dabei ist es unnötig. Ich weiß, daß sie es ist, es kann gar nicht anders sein, sie ist die Anhalterin, daran zweifle ich nicht, ich würde ihr nur gerne zum Abschied ins Gesicht sehen.

Aufblendende Scheinwerfer schräg gegenüber, ein Wagen bremst ab. Sie macht einen Schritt auf die Fahrbahn und steht wieder, unentschlossen, beinahe scheu. Dann nickt sie, und ich nicke auch, geh nur. Sie geht. Und paß auf dich auf. Sie zieht ihren Koffer auf den Bürgersteig. Die Ampel springt um. Ich lege den Gang ein. Tschüs, Philipp, denke ich. Im Rückspiegel noch einmal ihr Hinterkopf, ein wippender Fleck, der meine Geschichte enthalten könnte, irgendwo da draußen, und ich werde nichts dagegen tun.

Knapp einen Kilometer noch. Der schwerste Teil der Strecke. Fährt sich anders. Wie von einer Schnur gezogen. Veränderungen springen ins Auge. Strauchbepflanzte Betonkübel mit rot-weiß-gestreifter Warnleiste, tote Schaufenster, Geschäftsaufgabe hier, dort ein neuer Imbiß nebst CD-Laden, Baugerüste und Container blockieren den Gehweg, Fußgänger bitte andere Straßenseite benutzen, das war schon immer so. In meinem Kopf rast alles rückwärts.

Das Vertraute um mich herum zieht sich zu. Bald kenne ich jeden Stein, jede Gehwegplatte, den Geruch aus den Hauseingängen. Nicht, weil ich so viel hier gewesen wäre, sondern weil ich so viel daran gedacht habe, hier zu sein. Mir ist klar, daß dies nicht auf Gegenseitigkeit beruht. Ich weiß nicht, ob ich froh sein soll, zurückzukehren in das Zuhause meiner Erinnerung und wiederzuerkennen, ohne wiedererkannt zu werden. Möglich, daß es das Klügste wäre, ein Fremder zu bleiben in der zusammenrückenden Vertrautheit und weiter so zu tun, als würde das alles nicht mir, sondern jemand anderem passieren. Möglich, daß ich gerade diese Art von Klugheit nicht mehr will.

Die letzten hundert Meter, Schrittgeschwindigkeit und Fluchtgedanken. Ich gebe vor, mich schon einmal nach einem Parkplatz umzuschauen, setze den Blinker rechts, bringe es dann aber nicht über mich, anzuhalten und damit endgültig auszuschließen, daß ich nicht doch einfach am Ziel vorbeifahre und dann immer weiter. In Wirklichkeit sind alle Befürchtungen, meine Fremdheit zu verlieren und auf einmal vor mir selbst zu stehen, genauso groß wie die Angst, daß mich hier längst niemand mehr kennt.

Ich hätte ihn fast übersehen. Es ist etwas im Nacken, vielleicht das Gefühl, beobachtet zu werden, das mich noch einmal in den Rückspiegel schauen läßt, nachdem ich schon um die Ecke gebogen bin und die letzte Kreuzung hinter mir gelassen habe. Er steht ein wenig abseits am Straßenrand, zwischen zwei parkenden Autos, und sieht mir nach, den Kopf leicht schräg geneigt, beinahe verträumt, regungslos. Seine Arme hängen schlaff zu beiden Seiten herab. Ich kann seine Hände nicht sehen, sie werden von der Karosserie verdeckt, doch mein erster Gedanke ist, sie sind kalt. Kalte Hände. Dabei ist nicht gesagt, daß er friert. Es sind vielleicht zwölf bis fünfzehn Grad Außentemperatur. Aber er steht da, als hätte er schon lange da gestanden. Viel zu lange. Seine Haltung so eingesunken und müde, daß es an Selbstvergessenheit grenzt. Eine Erschöpfung, zu groß, um sie wirklich zu spüren. So sieht jemand aus, der seit heute morgen schon auf seinem Posten steht und wartet. Ich halte in zweiter Reihe. Was jetzt?

Ich schaue einen Augenblick wieder geradeaus. Lichteinfall schräg von vorn. Der Schmutz auf meiner Windschutzscheibe, zerplatzte Insekten, Staub. Die Straße vor mir vollgeparkt, unbefahren. Weiter unten kreuzt eine mehrspurige Allee, tonlos schimmernde Geschwindigkeit, leuchtendes Verschwinden, doch ich denke nicht daran, so zu tun, als hätte ich ihn nicht gesehen. Er hat mich nur überrascht, er hat mich wirklich überrascht. Ich hätte ihn besser kennen sollen, ich habe ihm unrecht getan in der Erinnerung. Jetzt genügt ein Blick, und mir ist klar, genau so, wie er dasteht, hat er auch letztes Jahr da gestanden, an seinem Geburtstag, und auf mich gewartet. Er hat unzählige Male an dieser Ecke nach mir Ausschau gehalten. Und ich bin nicht gekommen. Nie.

Er rührt sich noch immer nicht vom Fleck. Ich weiß, daß er mich gesehen hat, auch wenn er jetzt vollends zu träumen scheint. Er hat mich früher gesehen als ich ihn, aber er wird sich nicht in Bewegung setzen und auf mich zulaufen, wir werden uns nicht in die Arme fallen, dafür steht er schon zu lange da. Vielleicht hat er so sehr auf diesen Moment gewartet, daß er jetzt nicht mehr weiß, wie es weitergeht – muß ich es nicht wissen? Vielleicht hat er einfach nur Angst vor dem, was danach kommt. Wie ich. Er träumt. Ich weiß nicht, was ich zu ihm sagen soll. Er hat mir einen Schrecken eingejagt, das ist alles, was ich im Augenblick denken kann, einen richtigen Schrecken. Aber wie kann ich das zu ihm sagen, bei unserem ersten Wiedersehen nach anderthalb Jahren, nach allem, was gewesen ist. Auch wenn es stimmt. Seine Treue erschreckt mich. Mich erschreckt, wie er an mich glaubt, wie viele Enttäuschungen ein Kind übersteht, so zart und zugleich so viel fester als ich. Ich kann nicht verstehen, wie er es fertigbringt, mich nicht zu hassen. Wenngleich noch die Chance besteht, daß ich mich täusche. Der alte Gedanke: Vielleicht wartet er gar nicht auf mich, vielleicht wird er den Kopf schütteln, sobald ich ihn rufe, sich umdrehen und nach Hause laufen.

Ich rücke auf den Beifahrersitz, kurbele das Fenster herunter und strecke den Kopf heraus. Wir sehen uns an. Wie klein er ist. Kleiner, als ich ihn in Erinnerung hatte. Viel zu klein für so ein Gesicht. Für den Ernst, mit dem er mich anschaut. Für die Leere, in die er sich träumt. Ein Mensch, den man zur Begrüßung nie fragen würde, wie geht es dir, sondern zuallererst, wo bist du? Er hat sich nicht verändert, er steht außerhalb der Zeit. Unglaublich, wie schnell die anderthalb Jahre vergangen sind, in denen wir uns nicht gesehen haben. Was hat er in all diesen Tagen und Wochen gemacht, wenn schon ein Augenblick so endlos sein kann. Er scheint kaum älter geworden zu sein, nur etwas müder vielleicht seit dem letzten Mal. Blaß sieht er aus, beinahe milchig im Gesicht, bis auf die sichelförmigen Ränder unter den Augen und den bläulichen Mund, der leicht offen steht. Seine Unterlippe zittert. Ich glaube wirklich, er friert. Aber das ist es nicht, was uns trennt. Wenn es nur das wäre, würde ich lieber jetzt als gleich dafür sorgen, daß er es warm hat und ihm nichts mehr fehlt. Was mich zurückhält, ist seine Zuversicht. Er ist kein bißchen überrascht, mich zu sehen. Er hat es erwartet, verzieht keine Miene. Allenfalls Befremden über meinen Schrecken. Wie soll er das verstehen, soviel Verschiedenheit. Er registriert meine Bestürzung, die ich vor ihm nicht verbergen kann, beobachtet mich sehr genau, ich sehe ihn kein einziges Mal blinzeln. Die kleinste Unsicherheit meinerseits ist in seinen Augen schon Verrat. Er hat nie an mir gezweifelt, ich hingegen, mein Gott. Es wird kein freudiges Wiedersehen, das spüre ich. Für ihn ist es nicht mehr als eine Bestätigung. Daß wir uns hier und jetzt begegnen würden, hat er immer schon gewußt.

Ich bin seiner Geduld unterlegen. Unterliege ihr jeden Moment. Er ist so viel ausdauernder als ich, steht und schaut, als wenn es nichts anderes gäbe, während ich immer unruhiger werde, immer mehr darauf dränge, daß etwas passiert. Ich möchte zu einem Ergebnis kommen, das ist meine Art zu vergessen. Aber ich finde nichts Entsprechendes in seinem Blick, nur die Bestimmtheit, mit der er mich mustert. Saumselig habe ich ihn früher genannt und bin über seinen Mangel an Zeitgefühl verzweifelt. Jetzt weiß ich, daß es eine Ruhe und Gewißheit ist, die ich verloren habe. Es stimmt schon, meine Ungeduld ist nur die Kehrseite des Verlusts. Er begegnet mir wie immer ohne Ungestüm.

Im Hinterkopf streiche ich jeden Gedanken daran, rechtzeitig zu meinem Abendtermin wieder zurück zu sein. Ich werde anrufen und mich entschuldigen, Reifenpanne, irgendwas. Ich stelle das Autotelefon aus. Ab sofort habe ich heute nichts mehr vor, keine Pläne, beschlossenermaßen Zeit. Der Gewinn an Gelassenheit ist verschwindend. Es ist sein Geburtstag, also, worauf warten wir? Er wartet auf nichts, läßt es auf sich zukommen. Die Rache des Zwergs, denke ich. Er überdauert mich.

Ich steige über die Mittelkonsole wieder auf den Fahrersitz, lege den Rückwärtsgang ein und setze zurück bis auf seine Höhe. Im offenen Seitenfenster, ganz nah, sein Gesicht. Er reicht mit dem Kinn gerade einmal über die Gummilamellen der Einzugsleiste, so klein. Ich beuge mich über den Beifahrersitz und öffne ihm die Tür einen Spalt.

»Taxi«, sage ich und bin selbst überrascht, wie das klingt. Er schaut mich an. »Einmal zum Haus von Rowky Dowky?« Ich muß mich erst wieder an den Klang meiner Stimme gewöhnen. Er lächelt tatsächlich und klettert neben mir auf den Sitz. Ich versuche zu übersehen, wie steif und ungelenk seine Beine sind. Er muß wirklich sehr lange da gestanden haben.

»Herzlichen Glückwunsch«, flüstere ich und fahre los.

Heute habe ich ihn zum ersten Mal geküßt.

8

Christina.

Ich behalte die Straße im Auge und schaue immer wieder aus dem Fenster, während ich packe, nicht viel, nur das Nötigste, ein Stück Sandelholzseife noch, das ich in meiner Hand wiege wie zur Erinnerung. Ich will nicht mehr dasein, wenn Hendrik heute nacht zurückkommt, falls er überhaupt zurückkommt. Aber genau das sind die Gedanken, die ich nicht denken möchte, kein ›falls‹, kein ›ob und wie‹, kein ›oder vielleicht doch nicht‹. Ich werde nicht hoffen und bangen, sondern all diese Gedanken ungedacht lassen. Und deswegen muß ich weg. Nur der Wind macht mir ein bißchen Angst. Ich warte darauf, daß er nachläßt, und versuche beim Blick auf die Straße abzuschätzen, ob das Schwanken der Lichter abgenommen hat und die Rolläden jetzt weniger klappern als vorhin.

Um so größer mein Schrecken, als ich plötzlich Hendriks Wagen um die Ecke kommen sehe, der in unsere Einfahrt einbiegt und dort stehen bleibt, auf dem Beifahrersitz eine Frau – Sibylle, vermutlich war es ihre Idee, hierherzukommen, ich denke nicht darüber nach, ich will nur raus hier, ohne den beiden über den Weg zu laufen. Ich will unbedingt, daß niemand mehr da ist, wenn sie kommen, und überschlage meine Chancen, ungesehen aus der Wohnung zu verschwinden, mein Kopf ein Schnelldurchlauf aller Fluchtmöglichkeiten, es sind nicht viele, ich sitze in der

Falle und starre wie gebannt auf diesen Wagen, der sich nicht bewegt.

Niemand steigt aus. Ich warte darauf wie auf einen Startschuß, bereit, sofort loszurennen, auch wenn ich noch immer nicht weiß, wohin – nichts passiert. Sibylle und Hendrik bleiben im Wagen sitzen und versperren mir den Fluchtweg. Ich kann nichts tun. Meine Muskeln krampfen vor Anspannung und Ungeduld. Alarm wird Ratlosigkeit. Die Zeit steht.

Vorsichtig stelle ich mich auf die Zehenspitzen und drücke meine Stirn gegen das Fenster. Auf diese Weise kann ich schräg von oben durch die Windschutzscheibe sehen. Ihre Knie, seine Hosenbeine. Keine Bewegung. Nur ab und zu wischt Hendriks rechte Hand durch den Fensterausschnitt, um sich dann wieder am Lenkrad festzuhalten. Also reden sie. Und ich muß daran denken, daß Hendrik mit Vorliebe nach dem Abstellen des Motors im Wagen sitzen bleibt, um sich auszusprechen. Ich frage mich nicht, worüber. Mein einziger Gedanke ist, wie lange.

Besonders in unserer ersten Zeit, als er mich noch nach Hause bringen mußte und es jedesmal darum ging, sich voneinander zu verabschieden, haben wir halbe Nächte im Auto verbracht und geredet. Nirgends war es so geschlossen still. Verkapselte Stunden, die unbemerkt verstrichen, während wir es genossen, ganz und gar unter uns zu sein. Das hatte sich, seit wir zusammenwohnten, verständlicherweise geändert. Unser kleines Ritual war langsam in Vergessenheit geraten, keiner dachte mehr daran. Jetzt brachte er

Sibylle hierher, unterhielt sich mit ihr in der Geschlossenheit des Wageninnern und wollte offenbar nicht, daß ihr Gespräch durch Türenschlagen unterbrochen wird. Oder durch mich. Sie hätten dafür nicht im Wagen bleiben müssen.

Von meinem Atem beschlägt die Scheibe, eine blaugraue Nebelfläche, die verfliegt und sich wieder ausbreitet, beinahe so groß wie ein zweites Gesicht. Die Stelle, gegen die ich meine Stirn drücke, spüre ich schon nicht mehr, das Glas ist dort so warm wie meine Haut. Sicher werde ich einen Abdruck hinterlassen, und wenn Hendrik morgen früh aus dem Fenster schaut, wird er sich über den Fleck auf dieser Höhe wundern – falls er nichts Wichtigeres zu tun hat. Die Haltung, in der ich hier ausharre, ist seltsam genug, nicht sonderlich bequem, aber unbequem auch nicht, ich spüre mich kaum, bis auf ein taubes Gefühl in den Zehenspitzen. Von mir aus kann alles so bleiben. Es ist beinahe zum Lachen, daß sich die beiden da unten nicht zu mir hoch trauen, während ich ihretwegen nicht herunter kann. Möglicherweise haben sie vor, so lange zu warten, bis ich eingeschlafen bin, aber daran denke ich nicht. Ich sehe sie, ohne daß sie mich sehen, der Gedanke gibt mir Kraft.

Hendriks Hände kommen nicht zur Ruhe. Er nimmt jetzt auch seine Linke zu Hilfe und gestikuliert beidhändig über dem Lenkrad. Es scheint, als müßte er sich ihr näher erklären, aber seine Hände reden nicht zur Seite, sondern geradeaus. Ich denke an den Sandelholzgeruch, der ihnen anhaftet und den sie mit jeder Gebärde durch die Luft fächeln. Ich würde gerne etwas tun, damit sie langsamer werden. Dann ist es mir wieder egal.

Von Sibylle sehe ich nur die Knie, sonst nichts. Ich nehme an, sie hat die Arme vor der Brust verschränkt und provoziert Hendrik mit ihrem Schweigen. Sein alter Fehler. Hendrik fühlt sich sicher, wenn er spricht. Er glaubt, man würde ihm dann nicht anmerken, wie schüchtern er eigentlich ist, dabei verrät er sich mit jedem Wort. Er möchte überzeugen, will möglichst genau sein in allem, was er sagt, als käme es darauf an. Egal, worum es geht, es ist ihm immer ein bißchen zu ernst, daher seine Unfähigkeit zu flirten. Manchmal ist er so sehr bei der Sache, daß ich ihn streicheln möchte, ihm die Hand auf den Arm legen, ganz sachte, wie um ihn an sich selbst zu erinnern. Er würde es nicht bemerken. Dafür liebe ich ihn. Ich liebe ihn für seine Schüchternheit, auch wenn ich längst nicht mehr ihre Ursache bin.

Du hast einmal gesagt, es sei mein größter Fehler, daß ich nur die Menschen respektiere, die mich nicht mögen. Ich habe immer so getan, als wüßte ich nicht, wovon du sprichst, und mir große Mühe gegeben, alle Welt vom Gegenteil zu überzeugen. Aber das war gespielt. Es war mein unbeirrbarer Kinderglaube von jeher, daß jede Zuneigung zu mir auf einer Täuschung, einem Mißverständnis beruht. Wer mich nicht mochte, dem gab ich insgeheim recht. Wer mich aus irgendeinem Grunde für anziehend oder liebenswert hielt, befand sich in einem Zustand der Verblendung

– sei es, daß er mich nicht gut genug kannte oder ganz einfach noch keine Bessere gefunden hatte. Doch das war nur eine Frage der Zeit. In mich verliebte man sich immer nur vorübergehend. Für meinen Teil ein eher verunsichernder Zustand, dieses Liebesleben in ständiger Erwartung des bösen Erwachens. Ich wußte nie, ob ich die Illusionen über mich nähren oder zerstören sollte. Einerseits lief ich Gefahr, mir in der Verwechslung besser zu gefallen als in Wirklichkeit, ich fühlte mich dir ähnlicher, andererseits – nun ja, warum nicht. Es gab so vieles, das aufregender war, als ich zu sein, auch wenn von vornherein feststand, daß ich es irgendwann wieder sein würde. Es gefiel mir sehr, mich zu verlieren, teilweise bis an die Grenze zur Restlosigkeit. Trotzdem überwog Erleichterung, wenn alles vorbei war, Freude manchmal, Gleichgültigkeit oft. Jede Trennung war im Grunde eine Bestätigung. Ich kam zur Ruhe, kannte mich in meinem Leben wieder aus. Und einen Anflug dieser uralten Gelassenheit verspüre ich jetzt.

Vielleicht hätte ich dir sagen sollen, daß ich nicht sonderlich darunter gelitten habe. Du würdest dich wundern, wie einfach es manchmal ist, Zweite zu sein. Es war nicht immer häßlich, quälend oder schrecklich, es gab sehr schöne Augenblicke im Irrtum, durchaus, einiges habe ich sehr genossen, Liebe und das Gefühl der Einzigartigkeit, gerade weil ich immer wußte, daß es nicht Wirklichkeit war. Ich hätte jederzeit damit aufhören können, und meistens war ich froh, als es zu Ende ging.

Es tut mir leid für Hendrik und für dich. Mein größter Fehler ist nicht, wie du sagst, daß ich nur die Menschen respektiere, die mich nicht mögen, sondern daß ich umgekehrt die Menschen nicht respektiere, die mich mögen. Jedenfalls nicht so, wie sie es verdienen. Ich mißtraue jedem, der mich liebt. Das meiste ist ohnehin nur Lüge und Selbstbetrug. Und wer mich trotz allem zu lieben glaubt, ist zweifellos ein netter Kerl, aber im Grunde meines Herzens halte ich ihn für naiv. Das ist so. Vielleicht deshalb meine Neigung, Hendrik immer auch ein bißchen lächerlich zu finden – ihn in Momenten aus der Distanz zu betrachten, in denen es sich mit der Nähe nicht verträgt, in der wir leben. Es ist sehr leicht, jemanden bloßzustellen, wenn du ihn eigentlich gerade vor dem Blick von außen schützen müßtest, so wie du beim Küssen die Augen schließt. Es tut mir leid für Hendrik. Bei dir war ich mir nie sicher, ob du mich wirklich mochtest. Deswegen habe ich alles für dich getan.

Ich kann mich nicht länger auf den Zehenspitzen halten, erste Krämpfe machen sich bemerkbar unter dem angenehm dumpfen Schmerz. Ich lasse mich auf die Fersen zurücksinken und wippe ein wenig auf und ab, um das Blut zirkulieren zu lassen. Der Ausschnitt, den ich überblicke, ist jetzt schmaler, aber ich sehe noch immer Hendriks redende Hände und Sibylles kommentarlose Knie. Viel zu spät registriere ich, daß ich das Licht im Badezimmer angelassen habe. Ein gelblicher Lichtstreifen fällt bis vor meine Füße und erhellt den Raum – eine Schrecksekunde, als mir plötzlich klar wird, daß ich die ganze Zeit ein Schatten an diesem Fenster war.

Ich trete einen Schritt zurück und begegne meinem Spiegelbild in der Scheibe. Mir gegenüber auf einmal ich. Gar nicht so unscheinbar, wie ich mich fühle. Schmal zwar, blaß und glanzlos, aber ein Körper, immerhin. Ich habe mich mit der Zeit daran gewöhnt, wie ich aussehe. Nur, daß ich aussehe, daß ich für alle Welt ein Aussehen besitze, selbst wenn ich in Gedanken bin – das erschreckt mich jedesmal. Ich bin das leibhaftige Gegenteil einer Schauspielerin, mein größter Wunsch ist die Unsichtbarkeit. Ich knipse das Licht im Badezimmer aus und ziehe mir eine Jacke über, nicht um mich zu verkleiden, sondern um schneller von hier verschwinden zu können.

Es tut mir leid. Ich weiß, ich sollte nicht einfach so gehen, ohne Abschied. Aber es wäre sinnlos, Hendrik erklären zu wollen, daß ich nichts weiter von ihm verlange. Er würde mir nicht glauben. Vielleicht wäre er sogar gekränkt, weil es mir so wenig ausmacht zu verzichten. Was ich auch sage, es würde im nachhinein alles entwerten, und ich möchte, daß er mich in guter Erinnerung behält. Es war eine schöne Zeit, auch das Schwere war schön, und er würde nicht verstehen, wie all das auf einmal vorbei sein kann. Es widerspricht seiner Vorstellung von Konsequenz. Er würde Gründe dafür suchen, bei mir, bei sich, schlechtes Gewissen, ich will das nicht. Ich werde Hendrik an sie abtreten, wie ich schon viele Freunde an dich abgetreten habe, wenn du erlaubst. Das geht einfach so, ohne viel Aufhebens. Auch wenn ich vielleicht eine Zeitlang gehofft habe, ihn für mich zu behalten. Ich weiß, daß ich kein Recht hatte, ihn dir wegzunehmen, und jetzt ist Sibylle gekommen, an deiner Stelle, ich habe das akzeptiert. Hendrik schweigt. Seine Hände haben sich wieder auf dem Lenkrad niedergelassen wie lahme Flügel. Es ist besser so.

Ich merke auf einmal, wie müde ich bin. Wie unwichtig das alles ist. Wir tun nur so, als hinge etwas davon ab, wie wir uns jetzt verhalten. Wir wollen uns mit aller Macht einreden, es käme nicht so sehr darauf an, daß man sich trennt, sondern vor allem wie. Stilfragen. Dabei haben sich unsere Körper längst entschieden, für sie gibt es kein Zurück. Nur etwas in unseren Köpfen hält noch an dem Vergangenen fest. Wir wollen nicht, daß unsere Geschichte in Sprüngen verläuft, Hendrik will es nicht, ich auch nicht. Sibylle hat am ehesten den Mut dazu, deswegen ist sie so stark. Sie wollte immer, daß der Zufall in ihrem Leben eine Rolle spielt. Es ist ihre Art zu bejahen, was sie tun muß. Ich werde Hendrik nie wiedersehen, nicht aus Zufall, sondern aus Konsequenz. Es ist auf einmal ganz leicht.

Aus meiner Jackentasche krame ich ein Stück Papier hervor, das ich zwischen den Fingern zerknittert und zerknüllt haben muß, ohne darauf zu achten. Es ist die Einkaufsliste für morgen, die ich schon eingesteckt hatte. Ich breite den Zettel auf der Fensterbank aus und streiche ihn glatt.

Milch
Frischkäse
Paprika
Orangensaft
– auf einmal erscheint mir nichts so verloren und hoff-

nungslos wie diese Wörter. Sie stammen aus einer anderen Zeit. Ich knülle den Zettel wieder zusammen und werfe ihn in den Papierkorb. Ich bin jetzt bereit zu gehen. Ein Gefühl von Endgültigkeit.

Meine einzige Sorge ist, daß sie dich finden. Ich fahre noch einmal über die zerkratzte Tapete am Kopfende des Bettes und zerkrümele ein paar lose Putzbröckchen zwischen den Fingerkuppen. Lange habe ich nach der Geschichte gesucht, die ich dir schuldig bin, jetzt weiß ich, daß es die Geschichte meines Abschieds ist. Ich hätte sie dir nie verschweigen dürfen. Meine Geschichten sind deine Geschichten, das war schon immer so, wir hätten tauschen können. Ich wäre dazu bereit gewesen. Ich bin es mehr denn je.

Du mußt wissen, er ist niemand, in den man sich auf den ersten Blick verliebt, obwohl er nach allgemeinen Maßstäben gut aussieht, ein attraktiver Mann, wie Mutter sagen würde, aber trotzdem. Nicht, daß er in seiner Art ungenießbar wäre oder verschlossen, ganz und gar nicht. Man unterhält sich gerne mit ihm, er hat eine angenehme Stimme, hört dir zu, er kann sogar witzig sein, wenn er sich nicht allzuviel Mühe gibt. Es ist schwer zu beschreiben, was fehlt, wenn man überhaupt von ›fehlen‹ sprechen kann. Eigentlich handelt es sich nicht um irgendeinen Mangel, Hendrik ist der Richtige, das schon, er ist es einfach nur zu sehr, verstehst du. Vielleicht liegt es daran, daß er dir zu schnell zu vertraut vorkommt. Du bist ihm gerade erst begegnet und hast schon das Gefühl, ihn zu kennen. Er ist zu einem guten Freund geworden, mit dem du dich verstehst, noch bevor du dich in ihn verlieben konntest. Ihr seid irgendwie schon einen Schritt zu weit. Zu nah.

Ich könnte gar nicht sagen, wie es Hendrik dabei geht. Falls er sich sofort verlieben sollte, läßt er sich zumindest nichts anmerken, aber ich bin in diesen Dingen ohnehin nicht sonderlich schnell, wie du weißt. Irgendwann fiel mir nur auf, wie beharrlich er war, auf seine Art. Gar nicht unangenehm oder aufdringlich, er war einfach immer da. Es verging kein Tag, ohne daß man sich zu guter Letzt doch noch sah, einander in der Caféteria begegnete oder eine Kleinigkeit zusammen aß, das ergab sich so. Kein Plan, keine spürbare Absicht, auch nicht von seiner Seite, glaube ich. Wir mußten es uns nicht vornehmen oder komplizierte Verabredungen treffen. Es passierte einfach. Ich dachte nicht weiter darüber nach, Hendrik war eben in der Nähe. Erst später wurde mir klar, daß es seine Art war, um mich zu werben. Aber da stellte sich die Frage schon nicht mehr. Ich brauchte ihn.

Es ist ein seltsames Gefühl, jemanden zu küssen, den du so gut kennst, ihn zum ersten Mal auf den Mund zu küssen, nachdem du so lange mit ihm geredet hast. Mir ist flau im Magen, gar nicht die übliche Aufregung oder Begierde, du weißt schon so viel über ihn und immer weniger, was du von ihm willst. Trotzdem dieses Gefühl, eine Grenze zu überschreiten, nicht eine Grenze zu etwas Fremdem, sondern zu einer großen Ähnlichkeit. Immer wieder der Gedanke, es geht nicht. Es ist unmöglich, in ein Schweigen zu finden, die innere Stille, die notwendig wäre für einen Kuß, wir haben uns zuviel zu erzählen. Seine Vertrautheit erschreckt mich. Seine Nähe wirkt mit einem Mal lähmend, ich weiß nicht, wie ich es sagen soll, er ist zum Greifen zu nah. Ich könnte ihn weder berühren noch eine Berührung erwidern. Schon jetzt fängt es an, mir leid zu tun, dabei ist noch gar nichts geschehen. Er fängt an, mir leid zu tun, und dafür schäme ich mich.

Ich schließe die Augen auf der Suche nach einer Entschuldigung oder einem Verlangen in letzter Sekunde. Ich spüre seinen Atem in meinem Haar wie ein Flüstern und bin noch immer nicht in der Lage, ihm zu begegnen. Die Geschmeidigkeit und Glätte seines Gesichts – unmöglich zu sagen, ob es mich schon berührt, so angenehm kühl auf der Haut, oder ob es der dünne Lufthauch ist, der uns trennt. Ich versuche, an etwas anderes zu denken, gewesene Küsse, erträumte. Alles dreht sich. Ich denke an dich. Ich denke an deine Worte von damals, du riechst so gut. Und auf einmal weiß ich, daß ich ihn begehre, nicht um ihn zu haben, sondern um ihn nicht zu verlieren. Ich stelle mir diesen Satz auf meinen Lippen vor, ich möchte ihn küssen und weiß, noch bevor unsere Münder sich berühren, daß ich es dir sagen werde, irgendwann, ich werde sagen, heute habe ich ihn zum ersten Mal geküßt. Ich höre den Klang meiner Stimme im Dunkeln. Er schmiegt seine Wange an meine und bleibt so.

Draußen schlägt eine Autotür zu und unterbricht das vertraute, schabende Geräusch an der Wand. Ich schiebe das große Kissen wieder vor unsere Stelle und trete ans Fenster,

gar nicht eilig, unter meinen Nägeln weiße Farbe, Tapeten-
fasern, die auf das Nagelbett drücken, ein beruhigendes
Gefühl. Um unsichtbar zu bleiben, lehne ich mich seitlich
an den Fensterrahmen und schaue hinunter. Hendrik ist
ausgestiegen und rudert mit den Armen wie nach einer langen Fahrt. Dann steht er etwas unschlüssig da, als wüßte er
nicht, ob er jetzt um den Wagen herumgehen soll, um ihr
die Tür zu öffnen. Für einen Moment sieht es so aus, als
würde er zu mir hochschauen, aber sicher denkt er nur an
den Chauffeur von heute nachmittag, an die Mischung aus
Gefallen und Verachtung, die Sibylle ihn spüren ließ. Hendrik weiß nicht, wie er sein soll. Er sucht, und seine Hände
beschreiben Halbkreise um die Taschen seines Jacketts, von
denen ich weiß, daß sie zugenäht sind. Er wirkt ein bißchen
verloren da unten, so wie der kleine Junge von gegenüber,
der manchmal stundenlang an der Straße steht und träumt,
armer Hendrik, seine Abwesenheit berührt mich wie eine
Erinnerung an etwas, das ich vor langer Zeit einmal vermißt habe. Er wird Sibylle die Tür nicht aufhalten. Wenn
sie etwas von ihm will, muß sie ihn sich schon holen. Nicht,
daß ich stolz darauf wäre, aber ich schäme mich nicht mehr
für ihn. Das ist vorbei.

Die Beifahrertür wird aufgestoßen. Sibylle steigt aus, ich
höre ihre Stimme, ihr Lachen und wundere mich, mit wem
sie spricht. In der Türöffnung dreht sie sich noch einmal
um und bückt sich, als hätte sie noch etwas auf dem Rücksitz vergessen. Über ihrer Schulter erscheint urplötzlich
eine Hand, die sich um ihren Nacken schließt. Jetzt wäre

der Moment für einen Schrei. Aber Sibylle fügt sich in die Vertrautheit dieses Griffs. Es ist der Ähnliche, ich weiß es, bevor er hinter dem Beifahrersitz auftaucht, sich an ihr hochzieht und reckt, noch immer leicht zu verwechseln, wie ich finde, gerade wegen seinen markanten Zügen, den breiten Schultern und seinem kräftigen Kinn, ein Prototyp, doch unverkennbar die Gelassenheit, mit er eine Hand auf ihre Hüfte legt und Sibylle an sich drückt – oder ist sie es, die sich an ihn schmiegt? Hendrik geht voraus.

Von irgendwoher das Blaulicht eines Streifenwagens, das in kurzen Abständen durchs Fenster blinkt, tonlos, bis auf die fernen Orchesterklänge im Wind, der alles verdreht. Ich habe genug gesehen, nehme meinen Koffer. Es ist Zeit.

Ich bin schon im Flur, als es klingelt. Kein Erschrecken. Ich weiß genau, was ich zu tun habe, öffne nicht. Unten höre ich Hendrik mit seinem Schlüsselbund hantieren, das Aufschnappen der Haustür, die Stimme von Sibylle und dem Ähnlichen im Treppenhaus, halb kichernd, halb flüsternd, aber nicht wirklich um Rücksicht bemüht. Der Fahrstuhl setzt sich in Bewegung und hält mit einem gedämpften Klingeln im Erdgeschoß. Hendriks nüchterner Ton, noch lauteres Gelächter, es wird von dem Fahrstuhl geschluckt, der sich schließt. Ein Geräusch, als würde die Fahrstuhlkabine von ganz weit oben angesaugt. Sie sind unterwegs. Das ist der Moment, in dem ich die Wohnungstür lautlos öffne und hinausschlüpfe, Tür auf, Tür zu, ein paar Schritte die Treppe hinunter, das ist alles. Wenn sie hier oben ankommen, werde ich nicht dagewesen sein. Wir haben getauscht.

Erleichterung wie immer, wenn es zu Ende ist. Hendrik hat mir nie gehört, ich weiß es, du weißt es, und selbst wenn ich vielleicht noch eine Zeitlang so tun könnte als ob, das Schöne dieser Täuschung ist vorbei. Ich will keine Frist mehr. Die Geschichte meines Abschieds, die ich dir schuldig bin, ist kurz, und ich spüre mit jedem Schritt die Gewißheit, daß es so sein muß, Notwendigkeit. Ich habe gelernt, klug zu sein und auf das zu verzichten, was ich nicht bekommen kann. Es ist vielleicht das Einzige, was ich dir voraus habe, diese Geschwisterklugheit, zurückzustecken, wenn eine Niederlage droht. Mach dir keine Sorgen um mich, es ist nicht traurig, es ist ein kleines Abschiedsfest unter uns zweien, ich tue es für dich. Weißt du noch, wie du gesagt hast, daß ich nur die Menschen respektiere, die mich nicht mögen. Inzwischen ist mir klar, daß es nur einen einzigen Menschen gibt, dessen Liebe mir etwas bedeutet: dich. Es wird mir nie jemand näher sein. Was ich auf dieser Welt am meisten vermissen werde, ist das Kratzen deiner Finger an der Wand. Bitte, vergib mir.

Sachte ziehe ich die Haustür zu. Die Heimlichkeit, mit der all das geschieht, steigt mir zu Kopf wie ein Rausch. Zum ersten Mal seit langem ist mir warm. Das Blaulicht der Polizeistreife flackert über den Hauseingang, doch niemand bemerkt mich, als ich aus dem Schatten der Häuserwand trete, die Beamten haben andere Sorgen, ich laufe los. Meinen Koffer lasse ich zwischen zwei Mülltonnen stehen, ich brauche ihn nicht mehr. Ich fühle mich leicht, leichtfüßig, ein Gefühl, als würde mir der Wind unter die Arme greifen und mich tragen. In dem Punkt hatte Hendrik recht, es ist höchste Zeit, daß ich einmal rauskomme an die frische Luft, ›unter Leute gehe‹, dieses lustige Wort. Der Wind ist kräftig, aber gar nicht kalt. Rückenwind. Er riecht nach Schnee. Ich laufe, wie noch nie in meinem Leben, sichere, federnde Schritte, alles fällt von mir ab, es ist keine Flucht mehr, ich laufe vor lauter Leichtigkeit und denke nur eins: So muß es sein.

Ich wünschte, du könntest mich sehen.

Take these broken wings
Autoradio, Nachtprogramm

9

Philipp.

Warum Kinder in das Haus von Rowky Dowky nicht hinein dürfen? Ich bin noch immer nicht in der Lage, ihm die richtigen Antworten zu geben, schweige und fahre, doch es bedrückt weder ihn noch mich, ich bin froh, daß er mich fragt. Ich spüre ein Lächeln in meinem Gesicht, seine Dauer. Er hat das Recht, alles von mir zu erfahren, heute, diese Fahrt ist sein Geschenk. Vielleicht hätte ich mir vorher etwas überlegen, eine Geschichte für ihn erfinden sollen. Aber seine Neugier hat längst ihre eigenen Wege genommen. Er erwartet keine Antwort mehr von mir. Seine Fragen sind eine eigene Geschichte geworden. Über das Haus von Rowky Dowky weiß er mehr als ich.

Inzwischen ist mir klar, daß er mich nur deshalb fragt, weil er glaubt, ich würde dort wohnen. Er hat mich und meine Abwesenheit immer mit diesem toten Haus in Verbindung gebracht. Möglicherweise waren es meine Bemerkungen über die schwierige Rechtslage der Immobilie, die ihn denken ließen, ich hätte dort zu tun. Was mich daran am meisten erschreckt, ist die Vorstellung, daß ich in dem Fall gar nicht weit von ihm entfernt gewesen wäre. Ich hätte praktisch jeden Abend von der Arbeit nach Hause kommen können, um ihn zu sehen. Wenn ich nicht kam, konnte das nur heißen, daß ich ihn nicht sehen wollte. Er würde mir nicht glauben, wenn ich ihm zu erklären versuchte, daß es unüberwindliche Hindernisse und Sachzwänge gab, die mich davon abhielten. In seinen Augen konnte ich, was ich wollte. Er stattete mich mit dieser Allmacht aus. Was umgekehrt bedeuten mußte, daß mein Nichtkönnen für ihn in Wahrheit ein Nichtwollen war. Unaussprechlich der Gedanke, er könnte damit nicht ganz unrecht haben. Was ist schon absolut unmöglich?

Ich verstehe nicht, wie er mir verzeihen kann, wenn er doch glauben muß, ich hätte ihn verstoßen und vergessen. Wie kann er so tun, als wäre nichts gewesen, wie schafft er es, so zu tun, als täte er nicht so – ich verstehe es nicht. Ich chauffiere ein Rätsel durch die Welt. Noch immer erscheint er mir viel zu klein und schmächtig. So, wie er dasitzt, kann er kaum über das Handschuhfach hinwegschauen. Der Gurt kreuzt seine Brust auf Höhe des Schlüsselbeins und zieht sich knapp unter seiner Achsel hindurch. Die Hände liegen wie übereinander gefallen in seinem Schoß, immer noch regungslos. Schwer zu erkennen, ob sie jetzt besser durchblutet sind. Ich stelle das Gebläse auf warm.

Weil sie keine Kinder mehr wären, wenn sie aus dem Haus von Rowky Dowky wieder herauskämen. – Ich überlege, ob ich ihm das antworten soll, ich habe lange nichts mehr gesagt. Aber was, wenn er sich mit dieser Antwort nicht zufrieden gibt. Sobald es keine Frage von Hineindürfen mehr ist, scheint alles möglich. Er bräuchte mich nur anzuschauen, schon wäre ich überführt. Ich könnte nicht länger verschweigen, daß ich an Unmöglichkeiten glaube. Mir war bis heute nicht klar, wie sehr ich davon überzeugt bin, daß dieses oder jenes schlechterdings nicht geht. Natürlich würde ich immer behaupten, daß ich aus Erfahrung zu diesen Überzeugungen gekommen bin, aber das trifft in den wenigsten Fällen wirklich zu. Meine Welt besteht aus Unmöglichkeiten, seine aus Verboten. Das unterscheidet uns.

Der Moment gibt ihm recht. Was ich für unmöglich gehalten hatte, geht. Wir sitzen zusammen im Wagen, fahren und verbringen Zeit miteinander, seine Zeit und meine Zeit. Es ist nicht schwierig, es ist unvorstellbar leicht. Er versucht, sich aufzusetzen, um besser sehen zu können, und zieht sich an meiner Schulter hoch. Eine Berührung ohne jedes Zögern. Seine Hand greift über sämtliche Unmöglichkeiten hinweg nach mir, als wäre ich immer dagewesen. So selbstverständlich hat mich zuletzt meine Frau berührt in jener getrennt gemeinsamen Nacht, als sie sich an mich schmiegte mit der Zutraulichkeit des Schlafs und ich augenblicklich wußte, daß ich nicht derjenige war, an dem sie sich festhielt. Jetzt, unter seiner Berührung, weiß ich, daß ich es bin.

Vielleicht ist es ein aussichtsloses Unterfangen, das Selbstverständliche verstehen zu wollen. Vielleicht bleibt mir nur festzustellen, daß wir in zwei verschiedenen Welten leben, er und ich. Das Merkwürdige dabei ist nur, wir haben die Rollen getauscht. Alle Gewißheiten sind auf seiner Seite. Mir bleibt nur der Part des kindlichen Staunens. Ich kann nicht glauben, daß er mich annimmt, einfach so. Wo soll ich hin mit den Ängsten, die mich so lange begleitet haben, daß sie fast schon ein Teil von mir sind? Niederlagen,

Schuldgefühle, Selbstvorwürfe – all das ist jetzt nicht mehr wichtig. Er ist mir nicht böse. Er kommt nicht einmal auf die Idee, mir böse zu sein. Ich kann es nicht fassen. Ich staune wie ein kleiner Junge darüber, daß es so einfach sein soll. Ich war sehr lange weg, jetzt bin ich wieder da. Das ist alles. Kein Wieso und Warum. Ich werde meine Gründe gehabt haben, das akzeptiert er ohne weiteres. Auch hierin macht er mich größer, als ich bin. Seine Welt besteht aus verläßlichen Gefühlen, in meiner ist nichts gewiß. Wenn einer von uns beiden gefremdet hat, dann ich.

Er läßt seine Hand auf meiner Schulter, obwohl er sich jetzt an mir hochgezogen hat und auf seinem Sitz in die Hocke gegangen ist. Ich sehe zu ihm hinüber, gleiche Augenhöhe, er schaut auf die Straße, als säße er am Steuer, sein unbeirrbarer Ernst. Ich spüre, wie sich die Berührung auf meiner Schulter verwandelt. Kein Griff mehr, eine Geste. Er hält sich nicht fest, er hat mir die Hand auf die Schulter gelegt wie zum Trost. Als wüßte er, wie mir zumute ist. Ich schäme mich. Sie tut mir gut, diese Geste, und ich schäme mich dafür. Er ist das Kind. Ich kann nur hoffen, daß er nichts davon bemerkt. Was soll mit mir werden, wenn mir jetzt schon mein Sohn die Hand auf die Schulter legen muß. Ich schäme mich und bin überglücklich. Er tut mir nichts, denke ich, mit einem Mal heilfroh, als hätte ich die ganze Zeit in der Erwartung gelebt, daß er mich schlägt.

Wie gerne würde ich ihm sagen, daß er keine Angst haben muß. Ich würge regelrecht an diesem Satz, obwohl ich weiß, daß er noch nie geholfen hat. Es ist die einzige Lektion, die mir wichtig erscheint, und ich möchte, daß wir beide sie lernen: keine Angst mehr voreinander zu haben, egal, was passiert. Ich bringe den Satz nicht über die Lippen. Es geht nicht. Was ich sagen will, gilt weniger ihm als mir selbst. Ich bin mir darüber im klaren, daß er mich nicht als Lehrer braucht. Furchtlosigkeit ist nichts, was ich ihm beibringen könnte. Ich lerne diese Lektion von ihm.

Es wird allmählich dunkel, kein Sonnenuntergang, einfach nur nachlassende Helligkeit. Ich schalte das Licht ein, obwohl es noch so früh ist, daß die Scheinwerfer kaum die Fahrbahn vor uns erhellen. Aber er mag es, wenn das Cockpit leuchtet. Der rötliche Widerschein der Armaturen in der zunehmenden Schummrigkeit, glimmende Instrumente. Ich erkläre ein bißchen. Drehzahlmesser, Tacho, Tankanzeige. Kaum zu erkennen, ob er mir zuhört oder träumt. Es ist nicht so, daß er meine Erklärungen benötigen würde, er läßt mich erklären. Und dafür bin ich ihm dankbar. Ich wünschte, er würde seine Hand nie mehr von meiner Schulter nehmen.

Ich bin stolz. Ich weiß sehr wohl, daß es nicht mein Verdienst ist, ganz im Gegenteil, doch ich bin stolz auf ihn und zugleich fassungslos, weil er – ich finde kein besseres Wort dafür – so gelungen ist. Anders als ich. Vollkommen unangestrengt und ruhig, während ich mich nur daran erinnern kann, wie laut ich in seinem Alter war. Kämpferischer einerseits, andererseits meiner zahlreichen Schwächen schon sehr früh bewußt, laut also, um auf mich aufmerksam zu machen und gleichzeitig von meinen Fehlern abzulenken. Es ist vielleicht die einzige meiner Fähigkeiten, die ich bis zu einem hohen Grad an Perfektion entwickelt habe: das Verstecken oder Überspielen der eigenen Unzulänglichkeit. Eine Virtuosität geradezu im Umgang mit meinen Handicaps, Demütigungen, Niederlagen. Und immer wieder die überraschende Fertigkeit, mich im Falle des Scheiterns selbst ins Lächerliche zu ziehen, bevor andere es tun. Humor als oft gebrauchtes letztes Mittel, um einer Bloßstellung zu entgehen. Vielleicht hat ihn Erwachsenengelächter deshalb immer so erschreckt.

Das allerdings könnte er von mir lernen, wie man seine Kränkungen durch einen Scherz zur rechten Zeit für sich behält. Ich könnte ihm mein ganzes System darlegen, in dem es nur darum geht, die eigenen Schwächen zu verbergen oder, notgedrungen, in Stärken umzumünzen und gleichzeitig die wunden Punkte der anderen zu erkennen. Es gewinnt der Spieler mit der besten Strategie, und das ist keineswegs immer der stärkste oder mutigste. Vielmehr kommt es darauf an, sich in den Schwächen und Ängsten sämtlicher Mitspieler am besten auszukennen. Wer es schafft, sie schneller ausfindig zu machen als alle anderen, und seine Mitspieler gleichzeitig über die eigene Not im Unklaren läßt, dem winken die größten Vorteile. Erschwerend kommt dabei hinzu, daß man seine Absichten, Vorlieben und Abneigungen zu keinem Zeitpunkt des Spiels offen zeigen darf. Vermeide jede Art von Abhängigkeit, gehe keine festen Bindungen ein, und wenn doch, lasse niemanden ahnen, was sie dir wirklich bedeuten. Durchschauen, ohne durchschaut zu werden, ist das A und O. Die wichtigsten Voraussetzungen für eine erfolgreiche Teilnahme sind demnach eine schnelle Auffassungsgabe, geschicktes Kalkül und ein rundum überzeugendes Verstellungsspiel, kurz, eine tiefgreifende Sensibilität für die menschliche Seele bei gleichzeitiger Abwesenheit einer solchen. Indessen, Neueinsteiger, keine Sorge! Mögen all die Schliche anfangs noch verwirren, schon der nächste Durchgang spielt sich sehr viel leichter, so daß einem Spiel und Strategie bereits nach kurzer Zeit in Fleisch und Blut übergehen. – Nimm deine Hand jetzt nicht von mir.

Ich bin bereit, es zu verlernen – oder zumindest alle Regeln außer acht zu lassen, für den Moment. Ich möchte, daß er weiß, daß ich ihn – was? – gut finde, für gelungen halte, mag, lieb habe, liebe? Ich möchte einmal zu ihm sagen können, was ich meine, und mir fehlen die Worte. Ich möchte meinen können, was ich sage, und schon klingt es falsch. Vielleicht weiß er es. Vielleicht reicht es aus, einander spüren zu lassen, daß man sich – sozusagen – schätzt, annimmt, für in Ordnung hält. Mag sein, daß jedes weitere Wort überflüssig ist – die verfügbaren Floskeln erwecken zumindest den Eindruck. Aber schweigen und ganz darauf vertrauen, daß sich das Entscheidende von selbst versteht, das kann ich nicht. Ich kann mich nicht damit abfinden, daß es für einen Vater falsch oder unmöglich sein soll, seinem Sohn zu sagen, was er für ihn empfindet. Es reicht mir nicht, daß er es weiß, ich will, daß er es hört, von mir persönlich hört, aus meinem Mund, mit meinen Worten. Er hat ein Recht darauf.

Sätze, die ich nicht sagen werde. Ich werde ihm nicht sagen, daß ich ihn mag, lieb habe, liebe, wie er ist. Daß er sich für mich nicht umzumodeln braucht. Daß er sich nicht anstrengen, verändern oder verbessern muß, um meine Liebe zu gewinnen oder zu behalten. Daß ich von ihm nichts verlange oder erwarte. Daß ich ihn nicht verleugnen oder mit Nichtbeachtung strafen werde, wenn er die Erwartungen der anderen nicht erfüllt. Er muß nichts tun. Ich will nichts von ihm, keine Rechtfertigungen, Erfolge oder Entschuldigungen. Auf all das kommt es nicht an. Ich wünsche mir nur, daß er nie mit dem Gefühl leben muß, mich zu enttäuschen, oder, was auf dasselbe hinausläuft, mich nicht enttäuschen zu dürfen. Du mußt keine Angst haben – schon wieder dieser unselige Satz! Auch ihn werde ich nicht sagen. Ich weiß nicht, was ich sagen soll.

Spürt er das? Ich verbreite mich über Getriebe, Kupplung und den Unterschied zwischen Gangschaltung und Automatik. Dabei versuche ich, so nüchtern und sachlich zu klingen wie sonst, ganz die gewohnte Unaufrichtigkeit, ich hasse mich dafür. Vielleicht geraten die Erklärungen von Vätern deshalb immer zu lang, weil sie nicht sagen können, was sie wirklich denken. Mein Vater war so. Ich erinnere mich, daß ich irgendwann aufgehört habe, ihn zu fragen, weil seine Erklärungen kein Ende nahmen. Gut möglich, daß er einfach froh war, ein Thema zu haben, über das er mit mir reden konnte. Dafür nahm er sich Zeit, und er legte großen Wert darauf, mir zu zeigen, wieviel Zeit er sich nahm. Alles andere mußte warten. Aber da hatte ich diese Zeit schon nicht mehr.

Ich habe nie wieder darüber nachgedacht. Irgendwann hatte ich einfach beschlossen, daß seine Erklärungen mich nicht interessieren, und verschwendete keinen Gedanken mehr daran. Wenn er, was selten vorkam, von sich aus den Versuch machte, mit mir zu reden, verließ ich unter irgendeinem Vorwand so schnell wie möglich den Raum. Was er sagte, tat ich als langweilig ab, aber das war es nicht. Es war unerträglich, eine Tortur, weil er nie das sagte, was ich von ihm wissen wollte. Er holte aus, stellte Zusammenhänge her, gab Beispiele und schränkte wieder ein. Doch der entscheidenden Frage wich er jedesmal mit quälender Umständlichkeit aus. Bislang hatte ich geglaubt, daß er ausgerechnet immer die Frage mied, um die es mir gerade ging. Jetzt weiß ich, daß dem nicht so war. Es stand eine andere, sehr viel ältere Frage zwischen uns, um die er regelmäßig einen Bogen machte, und auf diese Frage wollte ich irgendwann keine Antwort mehr. Genau diesen Zeitpunkt will ich in unserem Gespräch nicht verpassen. Ich sehe kurz zu ihm herüber, er hat den Kopf leicht schräg gelegt, mir zugeneigt.

Kann sein, daß er es gar nicht hören will. Er scheint ganz zufrieden mit dem, was er, wenn auch nur bruchstückhaft, von mir erfährt. Es ist nicht seine Art, Fragen zu stellen, daran hat sich nichts geändert, er träumt die Dinge weiter, die er wissen will. Ein Bekenntnis würde ihn nur in Verlegenheit bringen und die Selbstverständlichkeit zerstören, die sich zwischen uns eingespielt hat, eine sehr kostbare Normalität, die von ihm ausgeht und die mir nach wie vor ganz unglaublich erscheint. Sein Zutrauen, während ich noch immer ein bißchen so tun muß als ob. Seine Zuversicht gegen meine Angst, Fehler zu machen. Die ständige Vorsicht, mich nicht zu verraten. Als wäre es eine Schande, wenn er erführe, daß seine Nähe mir mehr bedeutet, als ich vielleicht zugeben will. Ich habe nicht nur mehr gefremdelt als er, ich tue es noch.

Man könnte sich einbilden, wir wären immer schon so durch die Gegend gefahren, alte Weggefährten auf endloser Strecke. So fühlt es sich an. Vielleicht hat er sich vorgestellt, ich hätte ihn abgeholt, jedesmal, wenn er den ganzen Tag lang vergeblich an der Straßenecke auf mich gewartet hatte und ich wieder einmal nicht gekommen war. Er stand einfach da und träumte, träumte selbst dann noch, wenn er spätabends alleine nach Hause trottete und dabei vor jedem Schaufenster die Zeit vergaß. Dieses Gefühl, daß er immer schon mit mir gefahren ist. Er war bei mir, daran gibt es für ihn keinen Zweifel. Er war nicht enttäuscht, wenn ich ausblieb, er war nur um so sicherer, daß ich morgen kommen würde.

Aber ich kann das nicht annehmen. Er ist tatsächlich ein großzügiges Kind, ganz anders als ich, gnädig. Geradezu befremdend die Unkompliziertheit, mit der er mir alles nachsieht, ohne aufzurechnen, ohne es mir heimzahlen zu wollen, ich habe das nicht verdient. Vielleicht ist es mir deshalb unmöglich, eins zu werden mit dieser Stimmung, die vorgibt, es sei schon immer so gewesen und könnte von nun an immer so sein. Ich weiß, daß ich viel falsch gemacht habe, sehr viel, das ist unumstößliches Erwachsenenwissen, auch wenn er mir noch so sehr das Gefühl gibt, daß ich nichts falsch machen kann in seinen Augen, ich weiß es. Es ist meine Gewißheit. Und ich kann nichts davon vergessen, obwohl es doch eigentlich beruhigend sein müßte, dieses Gefühl, daß ich tun und lassen kann, was ich will, er wird es sich schon auf seine Art zusammenträumen und verstehen. Es ist nicht richtig. Ich kann einfach nicht zulassen, daß er mir nach allem, was ich an ihm versäumt habe, jetzt auch noch vormacht, wie man einem Menschen das Gefühl gibt, geliebt zu werden. Ohne sich dabei zu verbiegen. Ohne Worte. Verkehrte Welt.

Der Unterschied zwischen Sechs- und Acht-Zylinder-Motoren, einfach ausgedrückt. Warum bin ich nicht in der Lage, ihm das Gefühl zu geben, daß er in meinen Augen nichts falsch machen kann, daß ich ihn immer verstehen werde, egal, was er tut. Ich könnte einen Satz einfließen lassen – ein paar Worte der Anerkennung, aber welche? –, ich könnte mitten im Reden innehalten und ihn an mich drücken. Ihm übers Haar streichen, den Kopf tätscheln –, so heißt es doch. Ich kann es nicht. Ich sage mir, daß ich ihn nicht erschrecken oder ihm peinlich sein möchte. Aber das sind vorgeschobene Gründe. Dahinter steckt die uralte

Angst, Fehler zu machen. Meine größte Anstrengung, seit ich denken kann. Als wäre ich nur geboren worden, um mir keine Blöße zu geben. Ich möchte nicht, daß er das merkt. Ich möchte, daß er diese Angst nie kennenlernt, aber ich kann ihn davor nicht beschützen, weil sie ein Teil von mir ist, der Makel aller Makel, die ich zu verbergen suche, die Scham, die sie zu dem macht, was sie sind. Ich bin nicht, wofür er mich hält. Ich habe die Größe und Sicherheit nicht, an die er so fest glaubt. Ich gebe mir Mühe. Ich versuche, für ihn erwachsen und sicher zu sein. Aber ich verrate mich, sobald ich nur die Hand nach ihm ausstrecke oder etwas zu ihm sage, von dem ich nicht schon vorher weiß, wie man es sagt. Meine Überlegenheit endet mit dem schmalen Ausschnitt von Welt, in dem ich gewohnt bin, mich zu bewegen, in dem ich mich sicher fühle oder zumindest die Illusion von Sicherheit aufrechterhalten kann. Jenseits dieser festen Bahnen ist das Chaos, jenseits dessen bin ich genauso hilf- und sprachlos wie er, nur mit dem Unterschied, daß ich es mir nicht zu sein gestatte. Wie also sein Vertrauen rechtfertigen. Wie ihm sagen oder zeigen, daß er keine Angst haben muß, wenn sie mir auf Schritt und Tritt anzumerken ist, diese Angst vor allem, was ich noch nie oder lange nicht mehr gesagt oder getan habe. Wie ihm begreiflich machen, daß es nichts Schlimmes ist, Angst zu empfinden, wenn ich vor allem Angst habe, das ich nicht beherrsche. Sogar vor ihm.

Er wird müde. Sein Kopf ist ihm auf die Schulter gesunken und schaukelt leicht im gleichmäßigen Auf und Ab der

Fahrt. Ich beuge mich vor, um ihm ins Gesicht zu sehen. Er hält die Augen nur mit Mühe offen, aber sie sind nicht zu Schlitzen verengt, sondern groß und geweitet. Er registriert meinen Blick, erwidert ihn, ohne den Kopf zu bewegen. Ein kurzes Schütteln nur, als ich ihn frage, ob er schlafen möchte. Ist das denn bequem so? Er deutet ein Nicken an. Aber er ist schon zu erschöpft, um sich nach mir umzudrehen, als ich mich wieder zurücklehne.

In Abständen blende ich auf. Fernlicht, sobald wir allein auf der Strecke sind. Er mag es, wenn sich der bläulich geisterhafte Schein im Blattwerk der Büsche und Bäumchen verfängt. Ich habe es immer gemocht. Es sieht aus wie Gewitter und Sturm, findet er. Seine Stimme klingt schläfrig und etwas belegt. Wie aus dem Schlaf geschreckt, finde ich. Im Haus von Rowky Dowky wird nur bei Fernlicht gearbeitet, spätnachts, wenn man allein unterwegs ist und einen niemand sieht. Außerdem gibt es kein Licht von der Decke, man leuchtet alle Dinge nur von unten an. Er schnauft, als ich das sage. Sein Atem geht langsam und tief. Er holt noch einmal Luft wie für eine letzte Anstrengung, stockt kurz und stößt sie schnaufend wieder durch die Nase aus. Es klingt wie ein Seufzer. Dann atmet er gleichmäßig und beinahe unhörbar, er schläft. Furchtlos und friedlich, denke ich. Ich habe große Lust, es zu flüstern. Friedlich und furchtlos. Ich bewundere ihn.

Nachtfahrt. Ich spreize kurz die Finger und umklammere das Lenkrad fester. Ich mag diese Geste. Ich mag das Gefühl erhöhter Verantwortung, das ich für ihn empfinde, wenn er schläft. Sicher, es würde im Ernstfall kaum einen Unterschied machen, ob er im Augenblick der Kollision wach ist oder nicht, ob er die Gefahr kommen sieht oder ob es ihn im Schlaf erwischt, was kann er schon tun, er ist noch ein Kind. Doch darum geht es nicht. Ich bin wach. Für mich macht es einen Unterschied. Ich wache über seinen Schlaf, den er mir anvertraut hat, ich sehe, höre und reagiere für uns beide. Ich könnte stundenlang so weiterfahren und seinen Schlaf behüten. Man ist nie einsam, wenn man über andere wacht, man ist allein, mit ihnen allein. Näher bin ich dem Gefühl, Vater zu sein, nie gewesen.

Ich greife vorsichtig hinter mich nach meiner Anzugjacke, die vor dem Seitenfenster des Rücksitzes hängt. Es ist kaum noch Verkehr, trotzdem löse ich den Blick nicht von der Straße. Ich bekomme den Bügel zu fassen und hebe ihn an. Das Knistern und Rascheln von Plastik und Jackenstoff überlaut. Ich horche auf für einen Moment, sein Atem ganz sacht, keine Veränderung. Dann ziehe ich den Bügel samt Jackett zu mir herüber und versuche dabei, so wenig Lärm zu machen wie möglich. Weit voraus die Rücklichter eines Wagens, zwei Glutpunkte im Nirgendwo zwischen Nacht und Asphalt. Ich drossele die Geschwindigkeit, nehme das Lenkrad zwischen die Knie und streife die Schutzhülle von der Jacke. Im Rückspiegel nichts. Neben mir auf dem Beifahrersitz der Junge, aus der Hocke nach hinten gesunken, die Knie hochgeschoben, Kopf und Nacken gegen die Rückenlehne gepreßt. Das milchige Weiß seiner Haut in der

Dunkelheit, sein rundes Gesicht, ganz eben von Schlaf. Ein Blick noch nach vorne, die Rücklichter haben mich abgehängt, auch im Rückspiegel nichts als Nacht. Ich breite das Jackett über ihm aus und decke ihn zu. Es reicht von seinen Schultern über die aufgestellten Knie bis zu den Fußknöcheln. So klein ist er, klein, aber furchtlos und voller Zutrauen, ein Zwerg, denke ich, der unter meiner Anzugjakke haust und manchmal seinen Kopf herausstreckt, der Zwerg, den ich all die Jahre beherrschen mußte und jetzt nicht länger beherrschen will. Er ist wieder da.

Ich erinnere mich, daß er früher gelacht hat im Schlaf. Das ist vorbei. Er sieht jetzt sehr ernst aus. Ein Schweigen in seinem Gesicht, aber weich. Noch einmal im Leben so schlafen können. Sorglos und überall. Ganz ohne die nächtlichen Zurüstungen, mit denen wir unseren Schlaf sichern, Störungen abwehren und unser zeitweiliges Verschwinden von dieser Welt möglichst geheuer machen wollen. Einfach nur schlafen, sich dem Anderen des Schlafes überantworten. Ich habe mir schon eingestanden, daß ich ihn bewundere, aber das ist es nicht nur, ich möchte noch einmal so sein können wie er.

Ich ziehe herüber auf den linken Fahrstreifen und lasse den Wagen hinter mir, der blinkend von der Auffahrt auf die rechte Spur wechselt. Ich gebe wieder mehr Gas. Die Lichtkreise der Scheinwerfer im Rückspiegel werden schnell kleiner. Ich will allein sein. Endlich Fernlicht. Die Unterseiten der Blätter schimmern silbergrau und zittern wie vom Licht getroffen. Es wird das erste sein, wovon ich ihm erzähle, wenn er wieder aufwacht, Silberlicht. Meine Sorge, daß er frieren könnte, obwohl uns das Gebläse tüchtig einheizt. Mit der flachen Hand prüfe ich Richtung und Stärke der Heißluftzufuhr auf seiner Seite, schraube an allerlei Schaltern herum, ohne wesentliche Verbesserung. Seine Schuhe fallen mir auf, Knoten statt Schleifen, er hat sie sich selbst gebunden. Sieht aus, als hätte er sich ganz alleine auf den Weg gemacht, und mich durchzuckt auf einmal der Gedanke, er könnte an seinem Geburtstag von zu Hause weggelaufen sein.

Eine Socke ist ihm bis auf den Knöchel heruntergerutscht und entblößt ein blankes Stück Schienbein. Seine Absätze haben sich in die Polster gegraben, dadurch bleibt seine Lage stabil. Mit den Schuhen auf dem Sitz, denke ich und kann mir ein Schmunzeln nicht verkneifen. Im Gedächtnis, keifend, eine längst vergessene Stimme: Hast du dir die Schuhe abgeputzt? Ich schüttele den Kopf. Aber er ist der Zwerg. Er darf das. Ich streiche ihm das Haar aus der Stirn, ich tue es einfach, denke nicht darüber nach. Sein Pony fällt, wie er will. »Ich bin stolz auf dich, Philipp«, flüstere ich ihm ins Ohr, die Lippen noch immer zu einem Lächeln gespannt. Schwer zu sagen, ob auch er lächelt, in Gedanken, oder einfach nur träumt.

Die Übersicht mit den Kilometerangaben. Es kommt mir vor, als hätte ich genau dasselbe Schild heute nachmittag schon einmal gesehen. Möglicherweise habe ich es im Vorbeifahren registriert, siebenundvierzig Kilometer, aber diesmal geht mir das alles viel zu schnell, und ich zähle noch anderthalb Kilometer bis vor die Haustür dazu. Ich wünschte, dieser Geburtstag würde die ganze Nacht dauern. In einer knappen halben Stunde sind wir da.

Zweimal nach Hause kommen an einem Tag. Kaum zu glauben, mit was für Befürchtungen ich dieselbe Strecke noch vor wenigen Stunden gefahren bin. Es fühlt sich an wie Vergangenheit, als wäre das Ganze schon Jahre her. Meine tief empfundene Dankbarkeit, daß diese Zeit zu Ende ist. Ich wünsche sie mir nicht zurück. Ich schließe die Erinnerung an mein Leben ohne mich und das Gedächtnis meiner Angst. Abblenden.

Ich weiß, daß ich es nicht nur der Nacht zu verdanken habe, der Verlangsamung meiner Gedanken und dem sich lockernden Gefüge der Zeit, die nachgibt im Gleichmaß der Dunkelheit. Ich habe von ihm gelernt. Nach Hause zu kommen erscheint mir auf einmal sehr möglich, jetzt, da ich mir sicher bin, daß er es sich wünscht. Und ich verspreche ihm, nicht weiter darüber nachzudenken, sondern es einfach zu tun. Ich habe gelernt, auf das zu vertrauen, was ich hoffen kann. Es ist seine Zuversicht, die ich spüre, als wäre ich mit einem Mal unempfindlich geworden für den Riß der Entfernung. Es ist dieselbe Strecke, aber sie hat aufgehört, etwas zu sein, das ich überwinden muß. Ich bin in gewisser Weise schon da.

Ich schalte das Autotelefon wieder an und gebe meinen PIN-Code ein. Bei jedem Tastendruck ein unterschiedlich hoher Signalton, viel zu laut auch das. Ich halte kurz inne, um zu sehen, ob es ihn in seinem Schlaf stört. Ich möchte ihn nicht wecken. Die Nummer meiner Frau. Wir haben lange nicht mehr telefoniert, aber die Zahlenfolge ist mir noch immer geläufig wie eine Formel. Ich habe nicht die geringste Ahnung, was ich zu ihr sagen werde. Ich möchte nur, daß sie sich keine Sorgen macht. Sie soll wissen, daß es ihm gut geht. Ich werde flüstern müssen, damit er nicht aufwacht. Du mußt keine Angst haben. Es läuft immer auf denselben Satz hinaus.

Besetzt. Ich weiß nicht, ob ich besorgt oder erleichtert sein soll. Jedenfalls ist sie zu Hause. Ich drücke das Besetzt-zeichen weg und halte den Atem an. Er bewegt sich. Das Jackett rutscht ihm von den Schultern über die Brust. Schwerfällig boxt er seinen rechten Arm frei und hebt ihn hoch, wie um die Hände hinter dem Kopf zu verschränken, aber es bleibt bei diesem einen erhobenen Arm, in dessen Beuge er seinen Kopf schmiegt. Seine rechte Hand schwebt offen und mit leicht gekrümmten Fingern über dem linken Ohr, als wolle er damit jederzeit seine Schulreife beweisen. Ich zähle langsam bis sechzig. Als er sich nicht weiter regt, versuche ich es noch einmal und betätige die Wahlwieder-holungstaste. Die Signaltöne der einzelnen Nummern in schneller Folge, verbunden zu einer kurzen, automatischen Melodie. Dann wieder das Besetztzeichen. Ich unterbreche sofort.

Vielleicht ist es besser, wir unterhalten uns von Angesicht zu Angesicht. Ich habe mich schon immer damit schwer getan, am Telefon private Angelegenheiten zu besprechen, während es ihr nichts auszumachen schien, ihre Gefühle dem Telefonhörer anzuvertrauen. Es ist mir auch nicht gerade leichtgefallen, unter vier Augen über persönliche Dinge zu reden, zugegeben. Aber diesmal will ich es wenigstens versuchen. ›Ich bin stolz auf dich, Philipp‹, das ist immerhin ein Anfang. Ich starre hinaus in die Nacht. Dreiunddreißig Kilometer. Dieses Schild habe ich heute definitiv schon einmal gesehen. Jetzt dauert es keine zwanzig Minuten mehr. Ich schalte das Telefon aus.

Übernächste Ausfahrt. Vor ein paar Jahren sind wir dort geblitzt worden. Damals saß sie auf dem Beifahrersitz. Das Foto gehört zu meinem inneren Familienalbum. Ihre gebückte Körperhaltung, ihr offener Mund. Ein merkwürdiges Bild. Ich hatte bis heute geglaubt, sie sei gerade damit beschäftigt gewesen, etwas im Handschuhfach zu suchen. Jetzt kommt es mir vor, als wäre sie nur für diesen Moment so klein geworden wie er.

Wie ähnlich sie sich sehen. Die glatte Stirn, die Form ihrer Augen, Brauen und Wimpern, die vom Schlaf leicht aufgeworfenen Lippen. Ihr Gesicht. Unterhalb der Armbeuge, in die er seinen Kopf gebettet hat, ein feiner Schattenstrich, wie in die Haut geritzt, die Querfalte im Babyspeck, die er von ihr geerbt hat. Sie ist immer noch da, dieselbe Stelle, mein Lieblingsmakel, das Schönste an ihr. Ich nehme die

Ausfahrt, unseren alten Umweg, und achte darauf, daß ich zu schnell bin. Ich hätte gerne ein Foto von ihm in diesem Augenblick.

Stadteinwärts. Ich bleibe über dem Tempolimit. Man könnte sagen, ich will sie nicht länger warten lassen. Doch ich empfinde keine Eile. Im Gegenteil. Es ist angenehm, so zu fahren, leicht. Wenig Verkehr auf den Straßen. Kein Vergleich zu heute nachmittag. Die vorbeihuschenden Betonbauten und Fabrikhallen lassen die Fahrt eher schneller erscheinen. Von weitem der angestrahlte Eingang eines Einkaufszentrums, wo wir früher unsere Samstagseinkäufe erledigt haben, ein mit Licht gefluteter Parkplatz, menschenleer. Schon vorbei. Ich überlege kurz, ob ich ihn wecken soll, damit er das Haus von Rowky Dowky nicht verpaßt. Früher hätte er darauf bestanden. Aber ich möchte nicht länger, daß er mich damit in Verbindung bringt. Allmählich begreife ich, daß es für ihn nie eine abbruchreife Villa in der näheren Umgebung war. Es war eine andere Welt, meine Welt, zu der er keinen Zutritt hatte. Ich lasse sie hinter mir.

Die Fußgängerampel, an der ich die Anhalterin zum letzten Mal gesehen habe. Abgeschaltet um diese Zeit. Ich registriere sie nur aus den Augenwinkeln. Weit und breit niemand zu Fuß unterwegs, nur Wind und weißliche Lichter auf nassem Asphalt. Ich hätte sie gerne noch einmal gesprochen, ihr Mut gemacht für ihren Weg. Wo sie jetzt wohl ist? Ich nicke wie zur Erinnerung einen Gruß in die Nacht. Ich hoffe, es geht ihr gut.

Schaufensterauslagen, Leuchtreklamen. In beinahe jedem Erdgeschoß Geschäfte, an denen man eigentlich immer nur vorbeigeht, um sich irgendwann zu wundern, daß sie ihre Waren und Besitzer gewechselt haben. Unser Viertel. Ein Programmkino entläßt seine spärlichen Zuschauer in die Nacht. Vor kleineren Kneipen, die tagsüber nicht weiter ins Auge fallen, stehen Leute bis auf die Straße. Der eine oder andere Wagen parkt mit abgeblendeten Scheinwerfern in zweiter Reihe. Ich habe bis auf den Italiener weiter oben an der Allee nie eines dieser Lokale besucht. Ich kenne niemanden, der dort hingeht. Wahrscheinlich Leute von weiter außerhalb, die sich die Läden an den Prachtstraßen nicht leisten können.

Ich biege um die Ecke, an der er gestanden hat. Langsamer, dann doch. Ich möchte nicht gerade mit quietschenden Reifen vorfahren. Sie würde mich hassen, wenn sie wüßte, wie schnell ich gefahren bin. Der Gedanke, ihn einfach dort abzusetzen, wo er heute nachmittag gestanden hat, und zu verschwinden – ein alter Reflex. Oder schlechterdings Feigheit. Auch das will ich hinter mir lassen. Ich fahre im Schrittempo weiter.

Drei Querstraßen weiter unten kreuzt hell erleuchtet die mehrspurige Allee, Kinos, Discotheken, Theater, vielleicht wirkt der Straßenzug hier deshalb so düster. Die letzten Einfahrten schleichend, als würde ich nach der richtigen Hausnummer Ausschau halten. Ich will ihn zurückbringen, sonst nichts, ihn wohlbehalten wieder abliefern, ich

202

verspreche mir nichts davon, nur die Gewißheit, daß er sicher nach Hause gekommen ist, unser Ausreißer. Morgen früh wird er sich an all das erinnern wie an einen Traum.

Ich überlege noch, ob ich mir einen Parkplatz suchen oder mich einfach in die Auffahrt stellen soll. Den Streifenwagen, der vor dem Eingang steht, sehe ich erst, als ich schon fast auf gleicher Höhe bin. Mir gehen sofort sämtliche Geschwindigkeitsübertretungen durch den Kopf. Aber das kann nicht der Grund sein. Auf der Treppe stehen zwei Polizeibeamte im Gespräch mit meiner Frau. Fragen offenbar. Ich sehe nur, wie sie den Kopf schüttelt, immer wieder, ich wünschte, sie würde das nicht tun. Ich will ihn zurückbringen, versteht sie denn nicht, er ist in Sicherheit, es geht ihm gut, er schläft. Sie schaut hoch und sieht mich, sie erkennt meinen Wagen sofort, aber kein Lächeln, keine Erleichterung, sie streckt nur den Arm aus, ruft irgend etwas und zeigt in meine Richtung. Die Polizisten drehen sich um, eine schnelle Bewegung. Sie kommen die Treppe herunter auf mich zu, Laufschritt, geben mir Zeichen, anzuhalten, auszusteigen. Aber das kann ich nicht. Ich trete aufs Gas. Ich will nicht, daß dieser Tag so endet. Es ist sein Geburtstag. Immer noch.

Die Polizisten kehren um und laufen zu ihrem Wagen zurück. Kaum, daß sie eingestiegen sind, Blaulicht, Martinshorn. Ich schaue nicht länger über die Schulter. Ich kann noch immer nicht fassen, daß sie das zuläßt. Sie werden ihn wecken. Er wird aufwachen und Angst bekommen. Ich halte auf die nächste Querstraße zu und mache mich darauf gefaßt, allem auszuweichen, was von rechts kommt. Rechts sitzt er. Im Rückspiegel Blaulicht, das Plärren der Sirene ist unter dem hochtourigen Motorengeräusch kaum zu hören, Gott sei Dank. Ich muß seinen Schlaf retten, seinen kostbaren Schlaf. Er rührt sich nicht.

Ich reiße das Steuer herum und schwenke auf die Allee ein, die befahrener ist. Bremsgeräusche. Hupen. Ausweichmanöver. Ich umklammere das Lenkrad fester. Nachtfahrt, denke ich, nur nicht nachlassen jetzt. Ich wechsele auf die Busspur und hoffe, daß um diese Zeit nichts mehr fährt. Mir bleibt keine andere Wahl. Ich muß es riskieren und ziehe rechts an dem Verkehr vorbei. Passanten am Straßenrand. Gedränge an Bushaltestellen, Imbißständen. Leute, die halb auf der Straße stehen, springen zurück auf den Gehweg. Hupen immer wieder. Ich hupe ununterbrochen und hoffe, daß er es nicht hört. Noch schläft er. Er schläft vollkommen ruhig. Die Polizei hinter mir, immer näher, ich wünschte, sie würden das Martinshorn abstellen, das lauter und lauter wird, sie werden doch nicht so dicht auffahren? Ich schaue noch einmal hinter mich und sehe nur aus den Augenwinkeln die Frau, die plötzlich vor mir auftaucht, auf die Straße läuft, lässig fast, wie nach dem Durchtrennen des Zielbands, ganz federnde Bewegung, mit pendelnden Armen und geschlossenen Augen, ich versuche zu bremsen, mit beiden Füßen, doch als ich auf das Pedal steige, höre ich schon den Aufprall, sehe die leichte Drehung, mit der sie über den Kühler wirbelt und gegen die Scheibe schlägt, ich greife neben mich, der Kleine, sein Schlaf, um Gottes willen, ich versuche, ihn festzuhalten, zu fassen, aber ich greife ins Leere.

Da ist nichts.

Dank an Christina und Petra Maria
an Birte, Hanno und Almut
an Manfred Beilharz und das Schauspiel Bonn
an Samuel, Karlotta, Daniel, Nina, Peter, Gudrun
und immer wieder Katja

Mit freundlicher Unterstützung der Kunststiftung
Baden-Württemberg

Deutschsprachige Literatur bei DuMont

JOHN VON DÜFFEL
VOM WASSER
Roman, 288 Seiten, gebunden, 1998

Die dramatische Geschichte einer Papierfabrikantendynastie erzählt uns von einem, der wie magisch angezogen immer wieder zum Wasser zurückkehrt. Vor unseren Augen läßt dieser Mann die Porträts seiner Ahnengalerie auferstehen. Er erinnert sich an die sommerlichen Szenen seiner Kindheit und stellt sich vor, wie es gewesen sein könnte: Damals, als im letzten Jahrhundert der Ururgroßvater auf seinem Landgut zwischen den Flüssen Orpe und Diemel entdeckte, wie sich Wasser in Papier und Papier in Geld verwandeln läßt.

»Der Hauptvorzug dieses Debüts: Es vereint Präzision und Poesie. John von Düffel ist mit seinem Romandebüt ein großer Wurf gelungen. In einer Prosa, die vollständig auf Dialoge verzichtet, die weit ausgreift und erzählerische Bögen zu schlagen weiß, entwirft Düffel Figuren, die im Gedächtnis haften bleiben.«

Frankfurter Allgemeine Zeitung

FÜR *VOM WASSER* ERHIELT JOHN VON DÜFFEL 1998 DEN
ASPEKTE-LITERATURPREIS UND 1999 DEN MARA CASSENS PREIS

ARNOLD STADLER

EIN HINREISSENDER SCHROTTHÄNDLER

Roman, 237 Seiten, gebunden, 1999

Hinreissender Besuch steht vor der Tür: Adrian, ein junger Mann in Adidas-Hose. Dem frühpensionierten Geschichtslehrer und »promovierten Träumer« und seiner Gattin Gabi, der hanseatischen Handchirurgin, kommt die Erkenntnis, daß es vielleicht zu spät ist, noch einmal bei Adam und Eva zu beginnen. »Liebst du mich?« »Bevor du fragtest wußte ich es noch.« Im sprachwitzigen und satirischen ›Stadler-Ton‹ wird uns aus einer Ehe, der »krisengeschüttelten Branche« schlechthin, erzählt. Liebt Gabi den Schrotthändler und nicht mehr ihn? Und liebte er sie auch nicht mehr, sondern vielleicht ebenfalls den Schrotthändler? »Eine Ehe auf Sandwich-Basis?« Mit der Rückkehr an den Schauplatz der Hochzeitsnacht werden die »königsblonde« Rosemarie, die erste Liebe, genauso wie die Sehnsucht nach der fast vergessenen Kindheit und der oberschwäbischen Heimat im »Hinterland« wieder lebendig.

ARNOLD STADLER IST TRÄGER DES GEORG-BÜCHNER-PREISES 1999

»Stadlers Prosa ist voller Komik und Kalauer, ein Thomas Bernhard verwandter Verzweiflungsklang, in dem die Liebe zur Welt und der Ekel vor ihr unablässig miteinander im Kampf liegen. Wie kein zweiter Autor seiner Generation hat es Stadler in seinen Romanen verstanden, die Sehnsucht als existentielles Lebensgefühl zu rehabilitieren.« Frankfurter Allgemeine Zeitung

JULIA FRANCK
LIEBEDIENER
Roman, 238 Seiten, gebunden, 1999

Als Beyla aus ihrer Berliner Kellerwohnung auf die Straße tritt, sieht sie ein rotes Auto starten. Und daneben ihre Nachbarin Charlotte, die vor Schreck einer Straßenbahn vor die Räder springt. Auf Charlottes Beerdigung glaubt Beyla den Fahrer des roten Wagens wiederzuerkennen.

Was Julia Franck aus diesen Anfangsbildern entwickelt, ist eine Dreiecksgeschichte zu zweit. Beyla lebt Charlottes Leben weiter: Sie bezieht die freigewordene Wohnung, beherbergt Charlottes Besuch und verliebt sich wie die Verunglückte in Albert, dessen Klavierspiel durch die Zimmerdecke zu ihr dringt. Ihre Wünsche werden erfüllt – Beyla genießt ihr unverhofftes Glück und die Ausflüge in Alberts rotem Auto. Bis ihr Liebhaber seltsam erotische Geschichten erzählt, von denen Beyla nicht weiß, ob sie wirklich nur seiner Phantasie entspringen.

»*Liebediener* ist womöglich *die* Liebesgeschichte der neunziger Jahre. So liebt und haßt man nur bei Julia Franck.«
Süddeutsche Zeitung